JUMP j BOOKS

友食い教室

柑橘ゆすら

Illust.
沢瀬ゆう

Who can survive...?
THE FRIENDS-EATER CLASSROOM

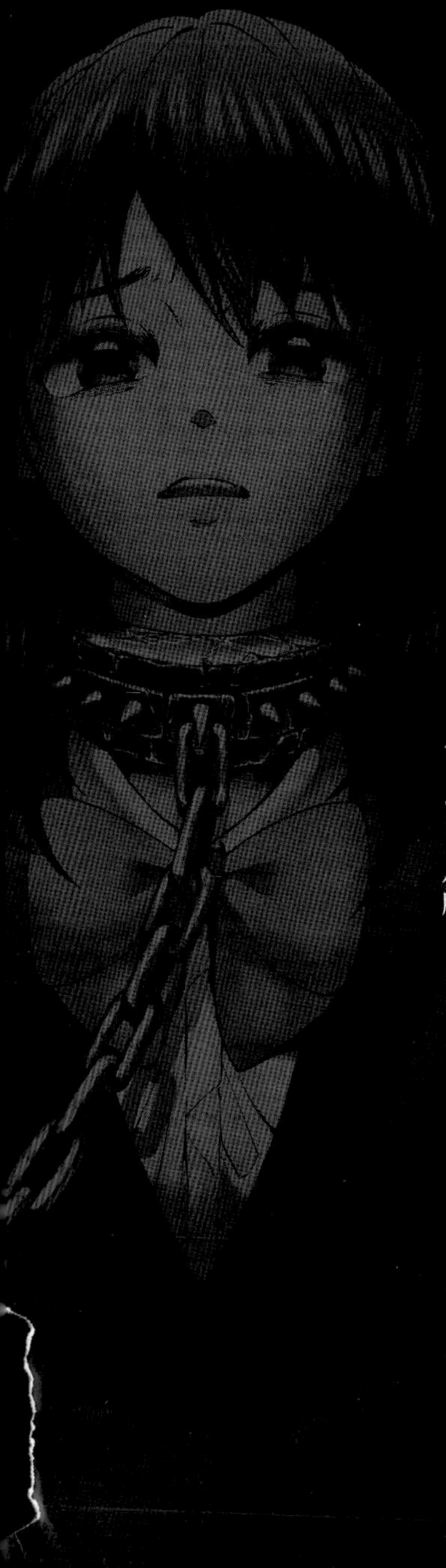

CONTENTS

［友食い教室］

友食い教室

THE FRIENDS-EATER CLASSROOM

柑橘ゆすら
イラスト／沢瀬ゆう

小 説… JUMP j BOOKS

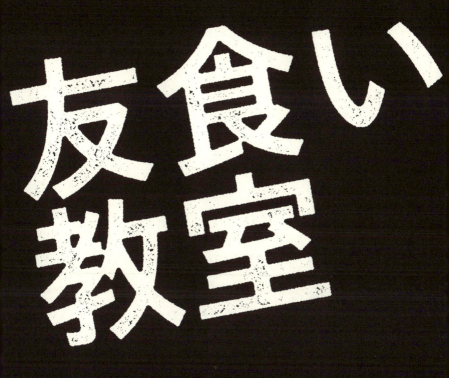

プロローグ

コトコト。コトコト。

鍋《なべ》の中から沸き上がる蒸気が蓋《ふた》を揺らしている。

家庭科室の中は魚が腐ったような生臭《なまぐさ》い臭《にお》いが充満していた。

鍋の中で煮込まれている肉は、かつて翔太《しょうた》の『友達だったもの』である。

食用にカットされて、野菜と一緒に煮込まれている今となっては、人間だった頃の面影《おもかげ》はどこにもない。


「待っていてね。翔太くん。もうすぐ準備ができると思うから」


鍋の中をゆっくりと掻《か》き回しながら翔太の様子を窺《うかが》うのは、同じクラスの遠藤由紀《えんどうゆき》である。

先程まで『友達だったもの』を捌《さば》いていたからだろうか。

首にかけた由紀のエプロンは血の赤に染まっていた。

どうしてこんなことになってしまったのだろうか。
翔太は今日に至《いた》るまでの日々を回想することにした。

ゲーム1　十二指腸

ＴＯ　天野翔太《あまのしょうた》
件名　第1回　友食いゲーム
状態　　健常者
ワクチン　十二指腸《じゅうにしちょう》

秋の訪れを告げる金木犀《きんもくせい》の香りが風に乗って教室の中に運ばれてくる。

日当たりの良い南向きの教室は、カーテンに遮《さえぎ》られていてもなお、沢山《たくさん》の光を集めていた。

天野翔太は購買部で買ったばかりのパンを片手に席に着く。

昼休みの教室は喧噪《けんそう》と弁当の匂《にお》いで包まれていた。

「なぁ。翔太。お前のところにも例のメール届いたか？」

背の高い一人の生徒が翔太の隣にドッシリと座る。

男の名前は赤星遊岳《あかほしゆうがく》。

翔太とは幼稚園の時から苦楽を共にする幼馴染《おさななじ》みの関係である。

運動神経の良かった遊岳は、バスケットボール部で1年生にしてレギュラーを務めていた。


「例のメールって……ワクチンがどうのっていうやつ？」

「ああ。何でもあのメール、ウチのクラスの生徒全員に一斉《いっせい》に届いているらしいぜ。不気味だよなぁ」


大して気にも留めていない様子で遊岳は弁当箱のフタを開ける。

中から出てきたのは一面の黒。

全国の男子高校生御用達《ごようたし》ののり弁であった。

遊岳は冷えた白米を無造作《むぞうさ》に口の中に運んでいく。


「単なる悪戯《いたずら》だろ。あまり興味ないかな」

「ハハッ。まぁ、今の翔太はそれどころじゃないって面《つら》をしているよなぁ～」


考えていることが表情にあらわれやすいというのは、幼い頃より指摘《してき》されてきた翔太の欠点であった。

目敏《めざと》く翔太の思考を見抜いた遊岳は、意味深な笑みを浮かべる。

「小春《こはる》さんと何か進展あったか？」

遊岳の言葉は矢のように翔太の胸を打ち抜いた。

動揺した翔太は思わず食べていたパンを喉《のど》に詰まらせてしまう。

「んだよ。この前、告《コク》るって言っていたのに、まだ何もしてねーの？」

「わ、悪かったな。俺はお前と違って慎重派なの。今はベストなタイミングを窺《うかが》っているの」

普通の男子高校生にとっては、告白という一大イベントはおいそれとは実行できないものであった。

成績優秀。スポーツ万能。容姿端麗《たんれい》。

あらゆる才能に恵まれた遊岳は、子供の頃から、女という女にモテまくった。

翔太は思う。

遊岳の頭の中には手酷《てひど》い振られ方をしてショックを受ける、というパターンは最初から想定されていないのだろう。

「でもよぉ。モタモタしてっと、他の男に取られちまうぜ？　小春さんを狙《ねら》っている男子ってウチのクラスにも結構いるからな」

「ううっ。わかっているよ」


異様に具《ぐ》の少ないコロッケが挟《はさ》まったパンを齧《かじ》りながら、チラリと小春の方を盗み見る。

教室の隅《すみ》で昼食をとっている小春は、遊岳と比べると4分の1くらいのサイズの小さな弁当箱を広げていた。

佐伯《さえき》小春は無口で摑《つか》みどころのない生徒であった。

学年トップクラスの成績と可憐《かれん》な容姿を持ち合わせているにもかかわらず、あまり他人と関《かか》わろうとしない。

いつもポツンと教室の隅にいて、窓の景色を眺《なが》めているようなことが多かった。

朝の校門の前で二人の男子から同時に告白を受けた際に、何事もなかったかのように男子たちの間をすり抜けて行ったエピソードはあまりにも有名である。

けれども、翔太はそんな小春のことを「格好《かっこう》いい」と思っていたし、魅力に感じていた。

（んん？　小春さんが俺の方に近づいてきたぞ）

最初はトイレにでも行くのかと思っていたのだが、どうやらそういうわけではないらしい。翔太と遊岳が陣取《じんど》っている窓側の席は、掃除の時間でもない限り、他の生徒が足を運ぶことのないエリアだった。

「天野くん。ちょっといいかしら？」

「……は、はい!?」

思わず上擦《うわず》った声で返事をしてしまう。

(な、何が起こっているんだ——!?)

異性との交際経験はおろか、好きな女子とまともに会話すらしたことがない翔太は完全に動揺していた。

翔太と小春の出会いは今から半年ほど前の——入学式の日にまで遡《さかのぼ》る。

今にして思うと、完全に一目惚《ひとめぼ》れであった。

翔太は桜散る木の下で物憂《ものう》げに佇《たたず》んでいる小春を目《ま》の当たりにして、心奪われたのである。

「何か用かな？」

「あのね。天野くんに少し聞きたいことがあって。他の人には聞かれたくないことだから屋上に来てもらえない？」

「……ああ。うん。わかった」

小春に誘われた翔太は、ゆっくりと席を立つ。

何気なく振り返ってみると、ニヤニヤとした表情を浮かべる遊岳の姿が目に入る。

（お前は息子の恋路《こいじ》を見守る母親かっつーの！）

文句を言ってやりたい気持ちに駆《か》られるが、好きな人を待たせるわけにもいかない。

翔太はドクドクと脈打つ心臓を抑えながらも、目の前の少女の小さな背中を追っていく。

＊

県立桜坂《さくらざか》高校は地元の人間のあいだではそれなりに知名度のある進学校である。

堅実な進学実績と洗練されたデザインの制服を併《あわ》せ持つ桜坂高校は、街全体を覆《おお》う過疎《かそ》化の煽《あお》りを受けても、受験生たちに手堅《てがた》い人気があった。

「ごめんね。急に呼び出しちゃって」

小春に案内されるままに翔太が向かった先は学園の屋上であった。

心地の良い秋風が肌《はだ》を撫《な》でる。

昼休みの屋上は、一緒に昼食をとりたいカップルたちにとっても人気の憩《いこ》いの場となっていた。

「いや。大丈夫だよ」

屋上には翔太たち以外に三組の男女が昼食をとっていた。

そのどれもが一目で恋人同士だとわかるほどに距離が近い。

翔太の緊張は自然に高まっていく。

(――この状況ってアレだよな？　どう考えても愛の告白が始まるシチュエーションだよな？)

これから始まるバラ色の学校生活を想像すると、胸が弾《はず》むかのようだった。

「天野くんのところにも例のメールって来ているよね？」
「ああ。うん。来ているけど……」
「実を言うとね。私のところにもメールが来ているんだ」

小春は不安気な表情で携帯の画面を翔太の方に向ける。

ＴＯ　佐伯小春
件名　第１回　友食いゲーム
状態　　　感染者
ワクチン　十二指腸
ドナー　　天野翔太

（――お、俺の名前？）

そこで翔太は遅まきながらも小春の用事が愛の告白ではないことに気づく。
「他の友達にも確認したのだけど、『感染者』と書かれているのが私だけだったの。だから不思議に思ったのよね。天野くんはどうだった？」

「えーっと。たしか健常者って書かれていたはずだけど」

ポケットの中から携帯を取り出して確認してみる。

見比べてみると、翔太に送信されたメールの内容は、小春のものとは微妙に違っていた。

「……そう。天野くんも健常者だったんだ」

小春は何事か呟《つぶや》くと一人で推理《すいり》を進めているようであった。

小春には幼い頃からこういった一面があった。

他人に対しては無関心な割に、身近な『謎』に対してはやたらと好奇心が強く、一人で推理にふける。

周囲にいる大人たちは、そんなどことなく浮世離《うきよばな》れした小春の将来を心配に思うことが多かった。

「――よ、用事っていうのはそれだけ？」

「うん。ごめんね。くだらないことに付き合わせてしまって」

小春は小さく頭を下げると、そのまま屋上を後にしようとする。

（まずい！　このままでは小春さんが行ってしまう！）

思い返してみれば、高校に入ってからというもの、翔太は堕落《だらく》しきった学生生活を送っていた。

とある事件がきっかけで小学校から続けていたバスケットボールをやめた翔太は、特に何をするでもなく家と学校を往復するだけの日々を過ごしていた。

ここで声をかけなければ一生この生活から抜け出せないかもしれない——。

そう考えた翔太は大きく息を吸った後、小春の肩に手をのせる。

「小春さん！」

振り返った小春は、呆気《あっけ》に取られた表情を浮かべていた。

風に靡《なび》く黒髪が愛《いと》おしくて、自然と声が出ていた。

「好きです！　初めて会った時から貴女《あなた》のことが気になっていました！」

小春は最初、驚いたような素振りを見せたが、やがて、俯《うつむ》きながらも顔色を赤くしていく。

（おおお!?　この反応はもしかして……脈アリなのか!?）


小春のリアクションに確かな手応《てごた》えを感じた翔太であったが、そこで違和感《いわかん》に気づく。

いくら緊張していても人間の顔はこんなに赤くはならない。

小春の顔はストーブの上に置いた餅《もち》のように膨《ふく》らんでいく。

——その時だった。

乾いた音が聞こえたかと思うと、膨らみ切った小春の頭が爆発して、内容物を飛散させた。


なんだこれ。

なんだこれ。なんだこれ。なんだこれ。


わけもわからず翔太は頰《ほお》に飛び散ったものに手を伸ばす。

掌《てのひら》の中にある肉片が、小春の体から出てきたモノの一部であることに気づくまでに暫《しばら》く時間がかかった。

＊

一体どれくらいの間、立ち呆《ほう》けていただろうか。

大好きだった女の子が目の前で肉塊《にくかい》に変わり果ててしまった。

悪夢であれば醒《さ》めてほしいが、目の前に転がる肉塊が放っている圧倒的な存在感が現実逃避を許さない。

「誰かに……知らせないと」

既《すで》に屋上の生徒たちは小春の死に気づいて騒ぎ立てていた。

振り返った翔太は覚束《おぼつか》ない足取りのまま屋上を後にする。

「よっ。結果はどうだったよ。リア充《じゅう》めっ！」

教室に戻ると、遊岳はニヤニヤとした表情で翔太のことを出迎える。

「おい！　小春さんに連れ出されたって本当かよ!?」

「クソ〜ッ！　遊岳はともかく……お前だけは俺の仲間だと思っていたんだけどなぁ〜！」

事情を知らないクラスの男子たちは好き勝手に囃《はや》し立てている。

もともと小春は男子からの人気が高かっただけに、翔太に向けられる眼差《まなざ》しには、どこか嫉《しっ》妬《と》の感情が籠《こ》もっていた。

「翔太。元気出せって。世の中には女なんて星の数ほどいるんだからよ」

異変を察した遊岳は翔太の肩にポンと手を置いた。

——振られたくらいで済んでいたらどれだけ救われただろうか。

先程の光景はなんだったのだろう。

未《いま》だに現実味がなさすぎて思考が上手《うま》くまとまらない。

「うおっ。つーか、翔太、その汚れはなんだよ!? ペンキでも被《かぶ》ったのか!?」

翔太の掌に付着した汚れをマジマジと見つめて遊岳は驚きの声を漏《も》らす。

普段は勘《かん》の鋭い遊岳だったが、屋上で起きた出来事については完全に想定の範囲外であった。

(……とにかく俺が見たままの状況を伝えよう)

覚悟を決めた翔太が小春の死を説明しようとした直後であった。

「おい！　マジでヤベェぞ！　このメール！」

教室にいる生徒たちがスマホを片手に騒ぎ始める。

異変に気づいた翔太がポケットの中から携帯を取り出すと、新着のメールが届いていた。

送信元となっているのは未登録のメールアドレスだった。


「なんだよ……これ……」

件名　ゲーム1　結果発表
死者数　1／40
死者名　佐伯小春

偶然と呼ぶにはあまりにも出来過ぎたタイミング。

メールには首から上の部分が弾《はじ》け飛んだ小春の画像が添付されていた。


「――――ッ！」

瞬間、翔太の脳裏《のうり》に再生されたのは、異常なまでに頭が膨れ上がった小春の姿であった。

翔太は咄嗟《とっさ》に口元を押さえ、胃の奥からせり上がってきたものを押し戻そうとする。

「これ、ウチの学校の屋上じゃね？」

「ああ。今から見に行こうぜ！」

画像を見た生徒たちは、目を爛々《らんらん》と輝かせていた。

まるで小春の死が面白《おもしろ》くて仕方がないといった様子である。

「なぁ、翔太。この写真に写っているのって小春さんだよな？　お前……何か知っているんじゃねーか？」

野次馬《やじうま》たちに嫌悪感を抱いて口を閉ざしていても無意味だということはわかっている。

翔太は今日あった出来事を全《すべ》てクラスメイトに打ち明けることにした。

桜坂高校１—Ａ　クラス名簿

桜坂高校1―A　クラス名簿

残り

男子 19　女子 20

ゲーム2　髪の毛

TO　天野翔太《あまのしょうた》
件名　第2回　友食いゲーム
状態　　健常者
ワクチン　髪の毛

窓の外から差し込んだ朝日が部屋の中を照らし始める。
天野翔太は学校から電車で二駅ほど離れた場所にある、分譲マンションの一室で母親と二人暮らしの生活を送っていた。

(クソッ!　なんなんだよ。このメール!)

翔太は苛立《いらだ》ちを抑えきれずに手にした携帯をベッドの上に叩《たた》きつける。

冷静になって考えてみると、小春《こはる》の死には色々と不可解な点が多かった。

教師たちは『最初からこうなることを知っていた』かのように小春の死についての話題に触れようとしない。

警察も同様である。

小春の死について事情聴取すらせずに何も動く気配がない。

喩《たと》えるならそれは人間の死がゲームのように軽く扱われているかのような奇妙さであった。


「よぉ。翔太」

制服に着替えて、電車に乗り、学校に到着した翔太を出迎えたのは、遊岳《ゆうがく》の挨拶《あいさつ》であった。


「遊岳。あの花は……?」

「ああ。クラスの女子が買ってきたらしいぜ」


小春の机の上には花の入ったビンが置かれていた。

中に入っていたのは紫《むらさき》色の花弁が美しい紫苑《しおん》の花である。

どこかミステリアスな雰囲気《ふんいき》を持った紫苑の花は、生前の小春の姿と重なる部分があった。

（……そうか。本当に小春さんは死んだんだな）

どんなに目を凝《こ》らしても教室の中に小春の姿を見つけることはできなかった。

生きていれば今頃は教室の隅《すみ》で小説を読んでいただろう。

机の上に置かれた花は、遅まきながらも翔太に小春の死を実感させた。


「翔太。お前のところにも例のメール届いたか？」

「ああ。こんな時だっていうのに……気味が悪いよな」

「念のために聞くが、今朝のメール、お前は『健常者』だったか？」

「そうだけど……。だから何なんだよ」

「――ここだけの話なんだけどな。オレはこの『友食いゲーム』っていうのと小春さんの死が何か関係しているような気がしているんだ」

「……はぁ!?」


遊岳の発言を受けた翔太は頓狂《とんきょう》な声を上げる。


「もしかしてお前……そういうオカルトを信じるタチだったのか？」

「お前も言っていただろ？　小春さんだけメールに『感染者』と表示されていたって。あの後、気になって調べてみたんだが、小春さん以外のクラスメイトは『健常者』って表示されていたんだよ。ウチのクラスは全員で40人もいたんだ。これが単なる偶然だと思うか？」

「…………」


遊岳の言葉は翔太の胸を目がけて矢のように突き刺さる。

たしかに偶然と呼ぶには色々と符合《ふごう》し過ぎているような気がする。

しかし、翔太は納得できなかった。

人間の死がメールによって決定されていたなんて誰が信じられるだろう。


「オレの予想が正しければ今日もまた……新しい『感染者』が選ばれているはずだ」

「ちょっと待て。ということはつまり『感染者』に選ばれたやつは、小春さんと同じように死んじまうってことか？」

「ああ。そうなるかもな」


その時、翔太の脳裏《のうり》を過《よぎ》ったのは生前の小春の姿である。

ここで遊岳の言葉を『ありえない』と一蹴《いっしゅう》するのは簡単である。

けれども、たとえ1パーセントでも可能性があるなら見過ごすことはできなかった。

「感染者を探そう。俺が男子に聞いて回るから、遊岳は女子を任せた」
「おうよ。お前ならそう言うと思っていたぜ」

それから。
翔太と遊岳は授業の合間の休憩《きゅうけい》時間を利用して、クラスメイトのメールをチェックしていくことにした。
総勢40名のクラスメイトたちのメールを確認するのは意外なほど骨が折れた。

「翔太！　感染者を見つけたぞ！」

二人が感染者を見つけたのは昼休みのことであった。

「……そうか。感染者は由紀《ゆき》さんだったか」
「ねぇ。天野くん。感染者ってどういう意味なの？」

二人目の感染者——遠藤《えんどう》由紀は小春と同じ文芸部に所属している女の子であった。
思わず守ってあげたくなるような柔らかい雰囲気を持った由紀は、小春の陰《かげ》に隠れてはいたが、男子からの人気も高かった。

ＴＯ　遠藤由紀
件名　第２回　友食いゲーム
状態　　　感染者
ワクチン　髪の毛
ドナー　　飯島奈緒《いいじまなお》

「──同じだ」


由紀に届いたメールは、以前に見た小春のメールと同一の内容のものであった。

状態の項目に書かれている単語が『健常者』ではなく『感染者』になっている上にドナーの項目が追加されていた。


「由紀さん。落ち着いて聞いてほしい。もしかしたらキミの命に関《かか》わることになるかもしれないんだ」

「……どういうこと？」

「小春さんが変死する直前に届いたメールと、由紀さんに届いたメールの内容が一致している。もしかしたら次に危ないのは由紀さんかもしれないんだ」

「そっか。だから小春……昨日は様子がおかしかったんだ」

もともと小春と仲が良かった由紀は、彼女の様子の変化について誰よりも早く勘《かん》づいていた。

机の上に置かれた紫苑の花も、由紀が用意したものだった。

「遊岳。もしメールの内容が真実だとして、由紀さんを助けてやる方法って何かないかな？」

「ああ。オレもそれを考えていた。『ゲーム』っていうくらいだし何かしらの救済措置《そち》があるはずだろう」

遊岳の言葉をヒントに考えるならば気になるのは、『ワクチン』と『ドナー』の欄《らん》だった。

感染者を健康に戻すために必要なのは、『ワクチン』に書かれている『髪の毛』の可能性が高い。

けれども、ここで問題になってくるのはドナーとして表示されている女生徒の名前だった。

「……チッ。よりにもよって奈緒かよ。やりづれぇ」

翔太としても遊岳と同じ意見だった。

1―Aのクラスの中でも飯島奈緒は、派手《はで》な外見と苛烈《かれつ》な性格で有名であった。プライドが高く、リーダーシップもあるのでクラスの中では女王のポジションに君臨《くんりん》している。

真面目《まじめ》で大人しい由紀とは良くも悪くも正反対の人間であった。

「遊岳。俺が突撃するから、サポートの方を頼んだ」

覚悟を決めた翔太は、奈緒たちのグループが昼食をとっている席に移動する。

時刻は既《すで》に小春が死んだタイミングと同じ――昼休みに突入している。

もしも遊岳の推測《すいそく》通りにゲームの結果が人間の死に関わるとするならば一刻の猶予《ゆうよ》もなかった。

「ねぇ。ちょっといいかな」

クラスでは女王の地位についている奈緒は、二人か三人の取り巻きたちと昼食をとっていることが多かった。

中でも奈緒と親しい生徒は二名。

諸星留美《もろぼしるみ》と新島亜衣《にいじまあい》である。

いわゆる白ギャル・黒ギャルと言われる容姿をした二人は、クラスの女子の中でも奈緒に次ぐ発言力を持っていた。

「はぁ。なんだよ、翔太」

翔太の方を向くなり、奈緒は退屈そうな表情を浮かべていた。

「少し変な相談になるかもしれないんだけど……。髪の毛を少しだけ分けてほしいんだ」

翔太は笑顔を取り繕《つくろ》いながらもポケットの中からハサミを取り出す。

「ブッ。ウケるんですけど～」

「天野。それヤバイよ～。完全に変態じゃん！」

翔太の言葉が二人の女生徒のツボに入ることになる。

奈緒の取り巻きである留美と亜衣は、わざとらしく手を叩いて笑っていた。

「なにそれ。意味わかんないんですけど」

状況は悪化の一途《いっと》をたどっていた。

笑いものにされた気がして苛立ちを覚えた奈緒は、不機嫌そうに毛先をクルクルと指で回していた。

普通に頼んでも交渉《こうしょう》は困難だろう。

そう考えた翔太はこれまでの経緯《いきさつ》を正直に説明することにした。


「ふ～ん。で？」

「で？　って。俺の話を聞いていたのか？」

「知らないわよ。アタシが髪にいくら費《つい》やしていると思っているの？　そんなウソくさい話、信じられないし」


奈緒からすると翔太の提案は到底《とうてい》呑《の》めないものであった。

彼女が髪の毛に対してかけている費用は、カット、トリートメント、カラーリング、パーマで月に一万円にも上る。

何の根拠もない事情により、髪の毛を切るのは受け入れがたいことであった。

もしかしたら人の命がかかっているかもしれないのに——どうしてこう冷酷《れいこく》でいられるのだろうか。

奈緒の身勝手な物言いを受けて翔太は頭に血を上らせていた。

「翔太。まぁ、落ち着けよ」

後ろからポンと肩に手を置かれる。

振り返ると、そこにいたのは柔らかい笑みを浮かべる遊岳だった。

「奈緒！　この通りだ！　今日だけはオレの友達の頼みを聞いてくれないか？」

遊岳は両手を合わせながら奈緒に向かって頭を下げる。

その表情には翔太のように張り詰めたものがなく、どこか冗談めかした雰囲気であった。

「……いやいや。マジ無理だって。いくらユーガクの頼みだからって髪の毛だけは無理だから」

遊岳の言葉を受けて、奈緒は言葉とは裏腹《うらはら》に満更《まんざら》でもなさそうな表情を浮かべていた。

180センチを超える身長と、甘いマスクを兼《か》ね備えた遊岳は、クラスの女子たちの憧《あこが》れの的《まと》であった。

それはクラスの女王として君臨している奈緒とて例外ではなかった。

「奈緒の髪の毛って綺麗《きれい》だよな。その髪の色、もしかして駅前にできた新しい美容院に行ったのか？」

「お〜。流石《さすが》はユーガク。よくわかったね」

遊岳に褒《ほ》められた奈緒は上機嫌な顔でサラサラの髪の毛を掻《か》き分ける。

「でもなぁ……惜《お》しいよなぁ……」

「ん？　何がよ」

「奈緒は美人だからショートカットの方が似合うと思うんだよなぁ」

「ちょい待ち。その手には乗らないからね」

「マジだって。オレ、一度でいいから、ショートの奈緒を見たいと思っていたんだよな。だってほら？　奈緒のような小顔美人じゃないと絶対にショートって似合わないだろ？」

吐息《といき》がかかりそうになるくらいの至近距離《しきん》。

歯の浮くようなセリフを吐きながら遊岳は奈緒の髪の毛に触れる。

（うわー。うわー。うわー。うわー！）


翔太は赤面していた。

見ているだけで恥《は》ずかしくなってくる。

普通の男子ならば「気持ち悪い」と非難されそうな行動も、遊岳が行うと映画のワンシーンのように不思議とサマになっていた。

翔太は思う。

こんな行動が許されるのは学園広しといえども、この幼馴染《おさななじ》みくらいのものだろう。


「……し、仕方ないわね。こ、今回だけだから」


遊岳の説得には流石の奈緒も根負《こんま》けすることになった。

奈緒は翔太が持っているハサミを取ると、ストレートロングの金色の髪の毛に近づける。


「ねぇねぇ。ユーガク。アタシはアタシはー？　どんな髪型が似合うかなー？」

「もうっ！　亜衣は露骨《ろこつ》すぎ！　でも〜、私もユーガクの好み、気になるかも」


この状況をチャンスと捉えた亜衣と留美は、獲物《えもの》を狙《ねら》う猛禽類《もうきんるい》のような眼差《まなざ》しを向けていた。

（ワリィ。翔太。こっちはもう少し時間がかかりそうだわ）

視線が合うと遊岳は、軽く頭を下げて翔太に向かってアイコンタクトを飛ばす。

付き合いが長いこともあり、言葉はなくても遊岳が伝えたいことはなんとなくわかった。

奈緒から目的のものを入手した翔太は、由紀のもとに戻ることにした。

＊

目的の髪の毛を入手した翔太であったが、さっそく次の壁にぶつかっていた。

机の上に並べられた髪の毛は、どれも10センチ近くある。

普通に食べても胃の中で消化されずに残ってしまいそうだった。

いざ前にしてみると、他人の髪の毛を食べる、ということが思いのほか、高いハードルであったことに気づく。

「大丈夫。命がかかっているかもしれないんだもん。私、食べるよ」

さもそれが当然のことのように由紀は言った。

翔太は思う。

大人しそうに見えて由紀は意外とメンタルが強い子なのかもしれない。

「ちょっと待って！　良いこと閃《ひらめ》いたかもしれない！」

家庭科の時間に使っていた裁縫《さいほう》箱が役に立った。

中からハサミを取り出した翔太は、目の前の髪の毛を細かく刻《きざ》んでいく。

「……何をしているの？」

「こうやって髪の毛を細かくバラバラにすれば少しは食べやすくなるだろ？　あ。良かったらこっちも使ってよ。まだ買ったばかりの口をつけていないやつだから」

翔太は鞄《かばん》の中から取り出したペットボトルを机の上に置く。

コンビニで買ったばかりのペットボトルの緑茶は、結露《けつろ》で表面が淡く湿《しめ》っていた。

「……優しいね。翔太くん。小春が好きになるのもわかるよ」

何気なく呟《つぶや》いた由紀の一言は、翔太の心に激しく揺さぶりをかけるものであった。

「小春から聞いていなかったんだ。小春は翔太くんのことがずっと好きだったんだよ?」

「は、初耳だよ!?」

「昨日だって私……告白しに行くものだとばかりに思っていたんだから。結果はあんなことになっちゃったけど」

驚きこそしたが、納得できる部分もあった。

想いを口にした後の小春が見せた照《て》れの表情は、鈍感《どんかん》な翔太にも明確な手応《てごた》えを感じさせていたのである。

「小春はね。ああいう性格だから、誤解されやすいんだけど、本当は誰よりも女の子らしい性格をしているんだ。翔太くんは、昼休みの、猫ちゃんのことを覚えている?」

「ああ。うん。覚えているよ」

当時のことは今でも鮮明に記憶している。

その日、生徒の一人が捨てられていた子猫を持ち込んだことによって、教室は騒然《そうぜん》となった。

最初のうちは可愛《かわい》らしい子猫を抱いて盛り上がっていたのだが、『誰が面倒《めんどう》を見るか？』という話題になってからは一転。

互いに面倒事を押しつけ合うような、殺伐《さつばつ》とした空気に変わってしまった。

「あの時ね。みんながもう保健所に連れていくしかない！　っていう感じになっている時……。翔太くんだけは必死になって里親《さとおや》を探そうとしていたよね」

雨に打たれた子猫は衰弱《すいじゃく》していて、野良《のら》としては生きられないような状態であった。

翔太は思う。

最終的に引き取り先を見つけられたから良かったものの、そうでなければ後味の悪い結末となっていただろう。

「そういうところ。小春は翔太くんの優しくて、面倒見の良いところを好きになったみたい」

知らなかった。

自分の何気ない行動の一つが小春の目に留まっていたとは翔太にとって予想外のことであった。

けれども、今更《いまさら》それを知って何になるというのだろうか。

翔太の中に芽生《めば》えた感情は『嬉《うれ》しさ』よりも『虚《むな》しさ』の方が強かった。

「お。なんだなんだ。楽しそうな話をしているじゃん」

女子たちの猛アタックを切り抜けた遊岳が遅れて席に到着する。

（……過ぎてしまったことを考えるのは止めよう。とにかく今は目の前の命を救うことに集中しないと）

予想外の言葉を受けた翔太は、そんなことを考えていた。

TO　遠藤由紀
件名　状態変更
状態　感染者　↓　健常者

それから。暫《しばら》く髪の毛に悪戦苦闘をしていると、由紀の携帯に一通のメールが届く。

「おお！　やったな由紀さん！」

メールの内容を確認した遊岳は最初に喜びの声を上げる。


「由紀さん。体調にどこか変わったところはない？」

「うん。大丈夫。なんともないよ」

「どうやらオレたちの推測は正しかったみたいだな。感染者が助かるためにはワクチンを接種《せっしゅ》すること。これ以外に考えられねえ」

「ああ。何はともあれ由紀さんが無事で良かったよ」


本来ならば手を叩いて喜びたい場面なのだが、二人の表情は晴れなかった。

この時——翔太と遊岳は頭の中で全く同一のことを考えていた。

今回のワクチンは、『髪の毛』という、言わば代わりのきく部位《ぶい》だったから事なきを得た。

けれども、例《たと》えばこれが『心臓』といった臓器だった場合はどうなっていたのだろうか？

助かるためには友人の心臓を『食べる』しかない。

そんな極限の状況に置かれた時、果たして人間は正気を保っていることができるのだろうか？

考えるだけで背筋《せすじ》が寒くなってくる。

「なぁ。そういえば1回目のゲーム終了のメールが届いたのっていつだったっけ？」

「たしか昼の1時頃だったと思う。あと20分か。ギリギリだったな」


1―Aの生徒たちに一斉《いっせい》にメールが届いたのはピッタリ13時00分のことであった。

前回のゲーム終了メールが届いた時刻と1分の誤差もない。

この事実からゲームの終了時刻は13時であると推測することができた。

TO　天野翔太
件名　ゲーム2　結果発表
死者数　6／39
死者名　井波裕也《いなみゆうや》　瀬川豊《せがわゆたか》　滝川柚乃《たきがわゆずの》　長嶋四朗《ながしましろう》　那須川《なすがわ》さくら　藤本葵《ふじもとあおい》

「なっ。死者が増えている……!?」


メールの内容を確認した翔太は絶句した。

ゲームはクリアしたはずなのに一体何故《なぜ》？

しかし、頭の中に湧《わ》き上がったその疑問は画像として添付された6名の死体を見た途端《とたん》に解決することになった。

「……欠席者か」

死者名の欄に書かれている生徒に共通する点は、いずれも学校に登校してこなかったというところにある。

仮にもし、ゲームのルールに学校を欠席してはならないという項目《こうもく》が存在しているのだとしたら――。

今回の結果にも納得がいくものがある。

「ざっけんじゃねぇぞ！　ゴラアアアァ！」

怒声《どせい》と共に蹴《け》り飛ばされた机が床の上に転がった。

この状況に対して真っ先に不満を唱《とな》えたのは、山口健吾《やまぐちけんご》であった。

女子グループのリーダーが奈緒だとしたら、男子グループのリーダーはこの健吾である。

金髪ピアスで、小、中学校と柔道に打ち込んでいた健吾は、教師たちからも恐れられている存在だった。

「誰なんだよ！　こんな意味のわからねえ悪戯《いたずら》をするやつは!?　いるんだろ！　出てこい

や！」

前回の小春の時も不可解な点が多かったが、今回の死はそれに輪《わ》をかけて尋常《じんじょう》ではない。

健吾は今回の騒動をクラスの中にいる何者かの悪戯だと決めつけていた。

「ねぇ。さっきから葵に連絡がつかないんだけど」

「こっちもダメ。今朝からメッセージを送っているんだけど既読《きどく》がつかないよ」

昨日の事件が未解決であることが尾を引いていた。

立て続けに送られてきたクラスメイトたちの死体の画像により、教室の中は不穏《ふおん》な空気に囚《とら》われていた。

「みんな落ち着け！　まずはそれぞれ協力して、学校を休んだやつの家に行ってみようぜ！」

この混沌《こんとん》とした状況下でリーダーシップを発揮《はっき》したのは遊岳だった。

遊岳は欠席した六人の住所を人づてに聞き出すと、クラスの連中に次々と仕事を割り振っていく。

「よし。それじゃあ、翔太は井波の家を頼んだ。様子がわかったらオレの携帯に連絡をくれ」

「――わかった」


井波裕也の家は翔太の家から徒歩で10分圏内《けんない》の場所にあった。

勤勉な裕也のノートはクラスの中でも評判で、翔太は試験前にノートのコピーを取らせてもらいに裕也の家を訪れたことがあった。

何かの冗談であってほしい。

誰かの悪戯であってほしい。

そう願いながら翔太は学校の外に出る。


「なんだよ……これ……」

しかし、裕也の家の前が警察たちの手によって封鎖《ふうさ》されているのを見た途端、翔太の中の最後の希望は潰《つい》えることになった。

桜坂高校1―A　クラス名簿

桜坂高校1―A　クラス名簿

残り

男子 16　女子 17

ゲーム3　歯

TO　天野翔太《あまのしょうた》
件名　第3回　友食いゲーム
状態　　健常者
ワクチン　　歯

欠席者の安否《あんぴ》について確認した1―Aの生徒たちは絶望に暮れていた。

――このゲームは誰かの悪戯《いたずら》ではない。

突発的に起こった6人のクラスメイトの死は1―Aの生徒たちにそう認識させることになった。

次の日の朝。

一晩寝て冷静になった翔太は、昨夜ノートにまとめておいた『友食いゲーム』の情報を改めて整理してみることにした。

ルール1　ゲームの参加者は『感染者』と『健常者』の2種類のステータスに分類される
ルール2　メールの送付は1日に2回。1回目は朝の5時に送られるステータスチェック。
　　　　2回目は昼の1時に送られる死亡者の確認
ルール3　感染者がワクチンを接種《せっしゅ》すると健常者になる
ルール4　感染者のステータスで昼の1時を迎えると死亡する
ルール5　学校を休むと死亡する

携帯に届いたメールを見た翔太はホッとした。

ゲームにおいて最も死の危険性が高いのは『感染者』である。

健常者はワクチンとなる体の一部を差し出すことはあるが、感染者と比べると何倍も安全な立場にある。

けれども。

この時の翔太はまだ――『友食いゲーム』の本質を半分も理解していなかった。

＊

心地の良い風が吹く朝だった。

その日の翔太は、いつもと同じように電車に乗り、いつもと同じように桜の植えられた坂を上り、いつもと同じように学校に到着した。
何もかもが怖いくらいにいつも通りだった。
だから幼馴染《おさななじ》みの告白を受けた時、翔太は暫《しばら》く言葉の意味を理解できないでいた。

「翔太。悪いな。どうやら今回の感染者はオレみたいだ」

遊岳《ゆうがく》は普段と変わらない落ち着き払った態度で、ポケットの中から携帯電話を取り出した。

ＴＯ　赤星《あかほし》遊岳
件名　第３回　友食いゲーム
状態　　感染者
ワクチン　歯
ドナー　女生徒

遊岳に届いたメールには感染者に共通する文言《もんごん》が書かれていた。

「不幸中の幸いだったのは、ドナーの範囲が広いっていうことかな。これならまだ作戦も立てやすい」

「呑気《のんき》に言っている場合かよ！　このままワクチンが手に入らないと……お前、死んじまうかもしれないいんだぞ!?」

翔太は動揺していた。

翔太にとって遊岳は物心ついた時から苦楽《くらく》を共にしている仲間である。

大切な幼馴染みを失うようなことは、受け入れようのないものであった。

「そうは言ってもな。髪の毛ならいざしらず、他人を助けるために歯を差し出してくれる女の子がいると思うか？」

「そ、それは……」

遊岳に反論の余地はなかった。

麻酔《ますい》もなしに歯を抜く。

実のところそれは、人間が感じる痛みの中でも最悪のものだと言われていた。

自分を犠牲《ぎせい》にして他人の命を助けることができる人間はそうはいない。

前回の奈緒《なお》の一件から痛感していたことであった。

「けどまぁ、オレも何も対策をしていないというわけじゃないぜ。こいつを見てくれよ」

「それは……!?」

遊岳がポケットの中から取り出したものを見て翔太は目を疑った。

何故《なぜ》ならば――。

幼馴染みの掌《てのひら》の上に置かれていたものが、紛《まご》うことなき人間の歯だったからである。

「こいつは正真正銘《しょうしんしょうめい》、ウチの学校に通っているとある女生徒の歯さ。朝早くから知り合いの歯医者のところに行って分けてもらったんだよ。流石《さすが》にウチのクラスのやつのものを手に入れることはできなかったが、代用品になるかもしれないだろ？」

「スゲー！　スゲーよ！　遊岳！」

第3回のメールが届いたのは今朝の5時のことである。

同じ学校に通う女生徒の歯を手に入れることができたのは本当に偶然であった。

この短時間に遊岳は自《みずか》らのコネクションを活用して、目的の『女生徒の歯』を入手したのである。

「虫歯でボロボロになっている歯だが、まぁ、贅沢《ぜいたく》は言っていられないよな」

掌の中の歯を見て遊岳は苦笑する。

「というわけでオレは今からワクチンを試してみる。だが、その前に一つだけ約束してくれ」

いつになく真剣な表情を浮かべる遊岳。

翔太は思う。

普段おどけていることが多い遊岳が、ここまで真剣な顔つきになるのは随分《ずいぶん》と久しぶりのことだと。

「翔太。もしオレが今回のゲームで死んじまったら、お前がオレの代わりに、このふざけたゲームを終わらせてくれ」

遊岳の口から出てきたのは、思わず毒気を抜かれるほど突拍子《とっぴょうし》のない提案であった。

「は？　む、無理だろ。そんなの」

「いいや。お前ならできる。ガキの頃のことを覚えているか？　近所にあったタイヤ公園のお化け杉。アレの頂上に一番最初に登ったのはお前だったろ」

「いつの話をしているんだよ……」

呆《あき》れた様子でツッコミを入れる翔太であったが、自身の中に眠っていた何かが再熱するのがわかった。

（……たしかに小学生の頃の俺は無敵だったよな）

テストを行えば満点を連発して、缶蹴《かんけ》りやドッチボールで遊んだ日には大活躍して、常《つね》に周囲から持て囃《はや》されていた。

自分が行くところにはいつも人が集まる。

できないことなど何もなかった。

高校1年生にして翔太は、人生の絶頂期が小学生の頃だったと断言することができた。

「オレは絶対に忘れねえ。翔太は不可能を可能にする！　いつもオレたちのヒーローだった」

翔太にとって遊岳の言葉は意外なものだった。

小学生の頃と比べると、遊岳は同世代の誰よりも身長が伸びたし、成績も良くなった。

今では翔太が遊岳に勝っているところを見つけ出すことは難しかった。

「……よし。んじゃあまず、このダミーが通用するかを試してみるわ」

「ダメだった場合はどうするんだよ？」

「そん時はそん時だ。タイムリミットの13時まではまだ時間があるから色々と試してみるよ。もっともオレは自分が助かるために女子を傷つけるようなダセェ真似《まね》はしないけどな」


遊岳はカラカラと笑うと掌の中の歯をひょいと口の中に放り込む。


「……調子はどうだ？」

「なんか体がスゲー熱くなってきた。こいつは効《き》いているかもしれねぇ」


仮に遊岳の用意したダミーが通用した場合は、昨日と同じように状態変更のメールが送られてくることになるだろう。

翔太は携帯の画面に視線を移す。

今のところ新着のメールが届く気配はなかった。

ビシャリ。

ビシャリ。ビシャリ。ビシャリ。

翔太の頬《ほお》に生温《なまぬる》い液体が付着する。

「ユ……ウガク……？」

不思議に思って視線を戻す。

翔太の視界に飛び込んできたのは、首から上を消失して、脊髄《せきずい》が剝《む》き出しになった遊岳の姿であった。

＊

「——なぁ。お前。団地に住んでいる赤星遊岳だろ？」

それは翔太と遊岳が初めて打ち解けた日のことだった。

当時の二人はまだ小学一年生で、子供用の小さな机の横には、ピカピカのランドセルが吊《つ》られていた。

「今日の放課後、暇《ひま》か？　遊びに行こうぜ」

「…………」

「っておいー！　無視かよー！　お前ってば、いつも難しい本を読んでいるんだな。楽しいのか？　それ？」

出会った頃の遊岳はよく言うと真面目《まじめ》、悪く言うと融通《ゆうずう》が利《き》かない子供であった。

毎日のように塾に通う遊岳のことを周囲の子供たちは、『ガリ勉』というレッテルを貼《は》ってからかっていた。

翔太は幼稚園で見ていた時から、そんな遊岳のことを遊びに誘いたくて仕方がなかった。

小学校に進級して、同じクラスになった今が最大のチャンスだと考えていた。


「うるさいな。楽しいはずないだろ。これは勉強の本なんだから！」

「ん？　ならどうして本なんて読んでいるんだ？」

「……キミも竜門《りゆうもん》団地で暮らしているなら理由はわかるだろう？」

「はぁ!?　全然、わからねーよ」


そこで遊岳は自身の置かれている状況について説明する。

竜門団地とは全国でも有数な食品会社、『竜門食品』が建設した住宅である。

この団地で暮らしている人間の多くは、『竜門食品』の低水準の給与で生活することを余儀《よぎ》なくされていた。

「ボクは将来、ゆうめいな企業に入って、お金持ちになるんだ！　そしてパパとママに良いくらしをさせてやりたいと思っている！」

啖呵《たんか》を切った後、我に返った遊岳は恥《は》ずかしそうに目を逸《そ》らす。

これまでにも遊岳は同年代の子供たちに夢を語ってきた。

しかし、その度《たび》に周囲の人間たちは遊岳のことを『ガリ勉』、『根暗《ねくら》』と小馬鹿《こばか》にしてきた。

「うおおおー！　マジかよ！　スゲー！　お前、それ、超立派《りっぱ》じゃん！」

どうせバカにされるに決まっている。

そう確信していた遊岳であったが、翔太の反応は違っていた。

「……お前、笑わないのか？　変なやつだって」

「どこに笑う要素があったんだよ？　俺、お前みたいなスゲーやつが同じクラスにいるとは思わなかったぜ！」

「〜〜〜〜っ！」

こんな感覚は初めてであった。

その時、遊岳は初めて自分を受け入れてくれる人間に出会えたような気がした。

「まぁ、それは置いとくとして、今日の放課後は一緒に遊ぼうな」

「……はぁ!? お前、ちゃんとボクの話を聞いていたのかよ。嫌だよ。ボクは勉強があるんだから」

魅力的な提案であったが、将来の夢のためには勉強が不可欠と考えていた遊岳は首を振った。

「おいおい。お前、先生に言われなかったか? 勉強ばっかしていると、頭の固い大人になっちまうって。そんな考えじゃ、社会でつーよーしないんだぞ!」

「…………!?」

痛いところを突かれたような気がした遊岳は言葉を詰まらせる。

「うっ。な、なら少しだけ……」

「よっしゃ。じゃあ、今日から俺たちはトモダチな」

翔太が差し伸べた手を遊岳は戸惑《とまど》いながらも見つめていた。

「トモダチ……？」

「そうさ。俺たちはトモダチ！　一生のトモダチだ」

＊

ポタポタ。ポタポタ。

気がつくと零《こぼ》れ落ちた涙が、一枚の写真を淡く湿《しめ》らせていた。

遊岳が死んだ。

自宅に帰っても未《いま》だに翔太は、その事実を受け止めきれずにいた。

ルール1　ゲームの参加者は『感染者』と『健常者』の2種類のステータスに分類される

ルール2　メールの送付は1日に2回。1回目は朝の5時に送られるステータスチェック。

2回目は昼の1時に送られる死亡者の確認

ルール3　感染者がワクチンを接種すると健常者になる

ルール4　感染者のステータスで昼の1時を迎えると死亡する

ルール5　学校を休むと死亡する

次の日の学校を休みたい気持ちもあったが、ルール5の存在が強制的に翔太を学校に通わせる。

「――約束したんだ。俺が……俺が……遊岳の替わりに絶対にこのゲームを終わらせてやる……」

どんなに泣いたところで手を差し伸べてくれる親友は、もうこの世界にはいない。
そのことを考えると余計に悲しくなって、涙を止めることができなかった。

ルール6　感染者が誤ったワクチンを接種すると死亡する

翔太はそこでノートに新しい一行を書き加える。
部屋の中の時計がカチカチと秒針を刻《きざ》んでいる。
過ぎてしまった時間を巻き戻すことは誰にもできない。
写真の中にいる遊岳は、いつもと変わらない大らかな笑みを浮かべていた。

桜坂高校１―Ａ　クラス名簿

桜坂高校1―A　クラス名簿

残り

男子 15　女子 17

ゲーム4　左目

ＴＯ　天野翔太《あまのしょうた》
件名　第４回　友食いゲーム
状態　　　健常者
ワクチン　　左目

ゲームが始まって四日目の学校である。

立て続けに起こったクラスメイトの死によって教室の中は、異様な雰囲気《ふんいき》に包まれていた。

――もしかしたら次に死ぬのは自分かもしれない。

――もしかしたら隣に座る人間が感染者なのかもしれない。

生徒たちは疑心暗鬼《ぎしんあんき》の状態に陥《おちい》り、教室の中には寒気がするような静けさに支配されていた。

けれども、そんな時だからこそである。

翔太は誰かが声をかけて教室の空気を改善する必要があると考えていた。

「みんなに聞きたいことがある。この中に感染者はいるか!?」

暫《しばら》く待ったが、返事はない。

教室にいる誰もが翔太の言葉など最初からなかったかのように振る舞っていた。

「――バカかお前。感染者が自分から名乗り出るはずがないだろう」

代わりに返ってきたのは意外な人物の言葉であった。

神木《かみき》綾斗《あやと》。

県内トップの大病院、神木病院の跡取りにして、成績は常《つね》に学年1位をキープしている秀才である。

クラスの男子の中では遊岳《ゆうがく》と並んで容姿が整っているが、常に人を見下しているかのような態度を取っているからか、浮いた話は聞こえてこなかった。

「ゲームのルールを知らないわけではないだろう？　感染者だと名乗り出ることは、自《みずか》ら縄《なわ》に首をかけるのと同義だ」

綾斗の言葉は一見すると正論であるようにも思える。

けれども、翔太の考えは違っていた。

今こうしている間にも感染者が誰かの左目を狙《ねら》っているかもしれない。

そういった疑心暗鬼の状態では、クラス一丸《いちがん》となって話し合いの場を設けることすらできはしない。

教室はすぐにでもゲームの闇《やみ》に飲まれてしまうことになるだろう。


「——翔太の言う通りかもしれない」


翔太の言葉に同調したのは意外な人物であった。

「アタシたちが最優先してやらなければならないことはなんだ？　率先《そっせん》してゲームに参加することではないだろ？」

女子グループのリーダー、飯島奈緒《いいじまなお》は席から立ち上がって他の生徒たちに問いかける。

ワクチンとして髪の毛を提供してからの飯島奈緒はショートカットになっていた。

髪型を褒《ほ》めてほしかった男子はもうこの世にはいない——。

けれども、遊岳が死んだ今だからこそ、代わりにクラスをまとめようと考えていた。

「そうだよ！　奈緒の言う通り！」

「みんなで協力してゲームから抜け出す方法を探しましょう！」

奈緒の一言により、教室の風向きが変わった。

1―Aの教室に希望の光が射《さ》した瞬間であった。

（いける！　この流れなら！）

奈緒が協力してくれたのは嬉《うれ》しい誤算であった。

クラスの中でも強力な発言権を持った奈緒が味方につけば、クラスメイトを希望へと導くこともできるかもしれない。

だがしかし。

微《かす》かな希望の糸口を摑《つか》んだ翔太は、一転して、絶望的な状況に気づくことになった。

（おい。そんなことをしたら俺たちはもう……！）

突如《とつじょ》として不良グループのリーダー、健吾《けんご》が教室に足を踏み入れる。

健吾の右手には金属バットが携《たずさ》えられていた。

教壇の上に立っている翔太にしか見えないが、健吾の両目は焦点《しょうてん》が合っていない。

遠目に見ても完全に正気を失っていることがわかった。


「止《や》めろおおおおぉぉぉ！」


咄嗟《とっさ》に止めに入ろうとした翔太だったが、既《すで》に状況は手遅れであった。

健吾のスイングの先にいた生徒の名前は——諸星留美《もろぼしるみ》。

奈緒と同じ女子グループに属するクラスの中心的人物である。

ガキンッ。金属バットによる一撃を受けた留美は、頭から血を流して倒れることになった。


「ははははは！　はははははは！」


健吾の暴挙は止まらない。

床の上に転がりピクピクと痙攣《けいれん》している留美に向かって——健吾は何度も何度もバットを振り下ろす。

「クッ……」

慌《あわ》てて止めに入ろうとする翔太であったが、何者かに止められる。

「悪いね。これもオレたちのリーダーが生き残るためには必要なことなのさ」

何かを悟ったように口を開く生徒の名前は寺井銀二《てらいぎんじ》。

1―A不良グループの№《ナンバー》2にして、健吾の右腕とも呼べる人物であった。

ボクシングの大会では幾度《いくど》となく表彰《ひょうしょう》台に上っている銀二は、1―Aきっての武闘派《ぶとうは》として、その名を知られていた。

「お前たち……自分が何をしているのかわかっているのか!?」

「知っているさ。しかし、それが他人の命を犠牲《ぎせい》にする行為だとしても――『生きたい』と願うのは当然のことだろう?」

「――――ッ!?」

銀二に指摘《してき》をされた翔太はハッと冷静になる。

たしかに銀二の言うことには一理あるのかもしれない。

ここで健吾を止めるということは、感染者である健吾に対して死ねと言っているのと同義である。

「ハハハッ！　オレの邪魔をするやつは容赦《ようしゃ》しねぇ！」

健吾は威圧《いあつ》するかのように宣言すると、ポケットの中から銀色に光る物体を取り出した。

（あれは……スプーンか……？）

次に健吾がとった行動は思わず目を覆《おお》いたくなるようなものであった。
健吾は留美の体に馬乗りになると、スプーンを使って留美の眼球をエグり取る。
眼《め》から出た粘《ねば》り気のある糸はスプーンにダラリと付着していた。

（でも……だからって……こんなの絶対に間違っている!!）

泣きだすもの。逃げ惑《まど》うもの。嘔吐《おうと》するもの。
場の空気に触れて高揚するもの。
教室の人間たちが見せた反応は様々であった。

「あ、あ、あああああぁぁぁ！」


中でも最も過敏《かびん》な反応を見せたのは奈緒である。

奈緒にとって留美はクラスの中でも最も大切な友人であった。

留美のもとに駆け寄った奈緒は、左目をくり抜かれた彼女の脇《わき》で膝《ひざ》を折る。

今回の一件によりクラス一丸となってゲームから抜け出そうとする奈緒の意志は、完全に折れていた。


「――この状況を見ても他人を信用しろと言うのか？」


阿鼻叫喚《あびきょうかん》に包まれる教室の中――。

綾斗だけは、最初からこうなることがわかっていたかのように嗤《わら》っていた。

桜坂高校1—A　クラス名簿

桜坂高校1—A　クラス名簿

残り

男子 15　女子 16

ゲーム5　右手の爪

TO　天野翔太《あまのしょうた》
件名　第5回　友食いゲーム
状態　　健常者
ワクチン　　右手の爪《つめ》

これまでにゲームを経験してわかったことがある。

それは、どんなに呼びかけたところで、ゲームに関連する事件については、周囲の人間たちは一切干渉《いっさいかんしょう》をして来ないということであった。

警察、教師、果ては両親までも——。

ゲームに対する大人たちの対応は、あくまで『不干渉』を貫《つらぬ》く構えを見せている。

一体何故《なぜ》？

どうして周囲の人間たちはゲームに関与《かんよ》しないのだろうか？

詳《くわ》しい理由はわからなかったが、翔太は逆にそこに一つの可能性を見出《みいだ》していた。

――ゲームの始まりは事前に予見されていたのではないだろうか？

そうでなければここまで周到に事態に対処できるはずがない。

これだけ人が死んでいるのにニュースの一つすら流れないのが証拠だった。

翔太は思案する。

もし仮にゲームの情報を統制している『首謀者《しゅぼうしゃ》』がいるのだとすれば――。

その人間から情報を聞き出すことにより、離脱のヒントを入手できるのではないだろうか？

現在のところそれだけが、翔太にとっての唯一《ゆいいつ》の希望であった。

*

その日の朝。

翔太はインターホンの音によって目覚めることになった。

視界に入った人物を見た翔太は、胸の鼓動《こどう》を速めていく。

「由紀《ゆき》さん……？」

その少女、遠藤由紀《えんどうゆき》とは2回目のゲームでワクチンの入手を手伝ったことで翔太との仲を深めていた。

瞬間、翔太の脳裏《のうり》を過《よぎ》ったのは考え得る限りでも最悪の結末――。

由紀が感染者で、ワクチンとして翔太の体を『食べに来た』というパターンだった。

与えられた役割が健常者だからといって、命の保証がされるわけではない。

そのことは昨日の一件により身に染《し》みて理解していた。


「ど、どうしたの？　急に？」

「ごめんなさい。迷惑なのはわかっているのだけど、こんなことを頼めるのは翔太くんしかいなくて」

不安げな由紀の表情を目の当《ま》たりにした翔太は、すぐに彼女の目的がワクチンでないことを察した。

「ああ。うん。俺で良かったら何でも相談してよ」

「翔太くんの家はね、私の近所にあるんだよ。これからは一緒に登校してほしいんだけど。ダメ……かな……？」

由紀の言葉を聞いた翔太は納得した面持《おもも》ちになる。

過去のゲームは全《すべ》て朝の5時に開始されていた。

女子が一人で登校するのには様々なリスクが付き纏《まと》う。

学園に着くまでの一人でいる間は、ある意味ゲームにおいて最も危険な時間帯だった。


「……いいよ。ところで由紀さんはどうしてウチの住所を？」


翔太としてはそれが最大の疑問であった。

高校に入ってからは、遊岳《ゆうがく》以外の友人を自宅に招き入れたことがなかった。


「えーっとね。ウチのお母さんが翔太くんのお母さんと知り合いで、そのツテがあって知ることができたんだ」

「あー」


幼《おさな》い頃に父親と死別した翔太は現在、母親と二人暮らしの生活を送っていた。

現在、母親は友人の会社に所属して、全国を飛び回っているが、過去にはパートの仕事を転々としていた時期があった。由紀の母親とはおそらくそこで知り合ったのだろう。

「ちょっと待っていて、由紀さん。今準備してくるから」

「……由紀でいいよ」

「え？」

「仲の良い人からはそう呼ばれているし。翔太くんにはこれから迷惑をかけると思うし」

「……わかった。これからよろしくな、由紀」


翔太はネットで注文しておいたサバイバルナイフを手に取った。

刃渡《はわた》り10センチを優《ゆう》に超えるこのナイフは、折りたたむことによって手軽に持ち運ぶことも可能だった。


（……できればコイツは使いたくないんだけどな）


翔太はハンガーにかけられた制服に着替えると、内ポケットの中にナイフを入れる。

朝の日差しをいっぱいに浴びる東向きの部屋が机の上を明るく照らしている。

小さい頃から何千回と繰り返し見てきた光景。

けれども、ポケットの中の刃物の重さが、これから起こるであろう不吉な出来事を予感させていた。

＊

翔太は由紀と一緒に学園を目指すことにした。

母親が同じ職場で働いていた、という時点で察しがついていたのだが、二人の最寄《もよ》りの駅は同じだった。

改札を出た二人は、学校前の桜並木の坂を歩く。

「誰も……いないね……」

普段通りであれば通学する生徒たちでごった返しているはずの坂道は、奇妙なほどに静まり返っていた。

まるで世界の中で自分たちだけが取り残されてしまったかのような感覚だった。

「ねぇ。翔太くん。あれを見て……！」

坂道を上り終わって学校の門を潜《くぐ》ろうとした時、二人は奇妙な光景を目にすることになった。

「綾斗《あやと》。何を持っているんだよ？」

それはトラックに積まれた大きな鍋《なべ》を学園に持ち込もうとするクラスメイトの姿であった。

神木《かみき》綾斗。

学年トップの秀才にして、大病院の跡取り。

スペックだけで考えると非の打ちどころのない人物なのだが、翔太はいつも他人を見下すかのような態度を取っている綾斗のことが苦手だった。

「――見てわからないのか。こいつは寸胴《ずんどう》鍋だ」

綾斗が持っている鍋は、ラーメンの専門店で使われているような巨大なものだった。

インテリな雰囲気《ふんいき》を持つ綾斗が、巨大な鍋を運んでいる姿は傍目《はため》に見て異様なものがあった。

「そうだ、お前たちも運ぶのを手伝ってくれ。家庭科室に持ち込みたい器具は他にも色々とあってな」

「構わないけど……そんなん何に使うんだよ」

「決まっているだろう？　いざという時に人間の肉を調理するためだ」

綾斗はメガネの位置を整えながらも平然と回答する。

「なっ」

人間の肉を調理する。

最初にその言葉を聞いた時、翔太は吐き気を催《もよお》しそうになった。

「友達の肉を調理って……どうかしているんじゃないか!?」

頭に血が上り、視界がぼやけて霞《かす》んでいく。

しかし、翔太とは対照的に、綾斗の表情は至《いた》って冷静なものであった。

「何もオレが調理すると決まったわけではない。これは必要な人間が必要な時に利用すればいい」

「でも、だからって……」

「ならお前は……どんな病気を持っているかわからない人間の肉を生《なま》で食べるというのだ

な？」

翔太はそこで冷静になって考え直す。
ここで綾斗の行動を否定するのは綺麗事《きれいごと》だった。
家畜《かちく》として育てられた動物の肉ですら、生で食べることには様々なリスクが付き纏う。
ましてそれが人間のものとなれば尚更《なおさら》であった。
綾斗の言うことにも一理ある。
最悪のケースを想定した場合、どうしても人間の肉を調理する必要があった。

「――悪かったよ。俺が間違っていた」

感情的になって頭ごなしに否定してしまった自分が恥《は》ずかしかった。
たとえそれが倫理《りんり》的に間違っていることだとしても――。
最悪のケースに対する保険という意味では、綾斗の行動は何も間違っていない。

「まずはこいつを運べばいいんだな」
「ほう……」

翔太が自《みずか》ら積極的に荷物を抱きかかえに行くと、綾斗はどこか感心した表情を見せた。

「翔太くん。私も手伝うよ」

「ありがとな。じゃあ、由紀は反対側の方を持ってくれ」

こうして翔太たち三人は、家庭科室に様々な調理器具を持ち込むことにした。

鍋の鉄の匂《にお》いが、なんだかやけに生々《なまなま》しく感じられた。

＊

翔太たちが教室に到着したとき時刻は8時20分になっていた。

ゲームの中の『学校を休むと死亡する』というルールを警戒《けいかい》して、大多数の生徒たちは既《すで》に着席していた。

「うわぁぁぁん！　夢愛《ゆあ》ぁちゃぁあぁぁあん！　痛いよおおぉぉぉ！」

突如《とつじょ》として教室に籠《こ》もったような男の声が響き渡る。

「よしよし。泣かないで。男の子でしょ」

「ううぅっ。うぐっ。痛い……。痛い……」


始業ギリギリの時間に一組の男女が教室の中に足を踏み入れる。


「ねぇ。翔太くん……。あれ……」

「ああ。竹男《たけお》のやつ……指の爪を剝《は》がしたんだ」


竹男の右手からはポタポタと血液が滴《したた》り、床の上に血痕《けっこん》を残していた。

出血の状態から考えて、剝いだ枚数は一枚や二枚ではなかった。

麻酔《ますい》もなしに指の爪を剝ぐ痛み。

果たしてそれがどのようなものなのか翔太には想像もできなかった。


「夢愛さん……。ちょっといいかな」


状況から言って今回の感染者は彼女と見て間違いなかった。

姫宮《ひめみや》夢愛。

教室の中では物静かな彼女は、あまり自分について語らない。

——良くできた人形のような女の子だ。

初めて夢愛と出会った時、翔太はそんな印象を抱いていた。


「なにかしら。翔太くん」


近くで見ると、改めて可愛《かわい》いと思った。

小柄な体型の割に胸は大きく、長い睫毛《まつげ》に縁取《ふちど》られた大きな眼《め》を見ていると吸い込まれそうになった。


「竹男のワクチンのことなんだけど……どうやって解決したの？」

「ふふ。夢愛は何も特別なことはしてないよ。ただ竹男くんの家に行って相談したの」

「相談？」

「そ。竹男くんに相談して『夢愛を助けて』とお願いしただけ」

「……ひ、人の命がかかっているんだぞ。爪くらいは安いものさ！」


鼻息を荒くしながらも竹男は言った。

他人を助けるために自分を犠牲《ぎせい》にできる人間は多くない。

そのことは過去のゲームで嫌というほど思い知ったことである。

だからこそ翔太は竹男の言葉を素直に受け止めることができないでいた。

「……爪を渡したのは本当に竹男の意志なんだな？」

「当たり前だ！　それ以外にどんな理由があるっていうんだ！」

竹男の言葉が真実であるのならば、それは翔太にとっては喜ばしいことであった。

健吾《けんご》の暴走によって教室では、『ワクチンを手に入れるためには殺して奪うしかない』という空気が出来上がっていた。

今回のように平和的に解決する手段を示せば、1—Aの生徒たちを大いに勇気づけることになるかもしれない。

「ひぎぃっ。ぐぅぅ～」

「大丈夫か!?　傷を見せてみろよ！」

ナイフか何かで無理やり剝がしたのだろう。

竹男の爪は肉ごと深く抉《えぐ》り取られ、指の先が赤く染まっていた。

素人目《しろうとめ》に見ても今の状態のまま放置するのが危険だということはすぐにわかった。

「――オレが保健室に連れていくよ」

竹男の異変に対して最初に反応した生徒の名前は田辺浩明《たなべひろあき》。

1―Aの頼れる委員長にして、翔太にとっては中学の時からの付き合いになる友人であった。

「浩明……。任せてもいいか？」

「ああ。応急処置なら小学生の時、ボーイスカウトで習った。なんとか傷が化膿《かのう》しないように処置してみるよ」

浩明はそう宣言すると、蹲《うずくま》っている竹男に肩を貸す。

小柄な浩明の体と比較すると、竹男の肥《こ》えた体は途方もなく大きなものに見えた。

「遊岳がいなくなった今……オレたちがクラスを支えていかないとな」

「浩明……」

翔太はジンと涙腺《るいせん》を緩《ゆる》ませる。

浩明には昔からこういうところがあった。

誰もやりたがらない仕事を率先《そっせん》して引き受け、グループの先頭に立って、集団を率《ひき》いようとする。

翔太は浩明の情に厚い一面を好ましく思っていた。

（……そうだよな。これまで俺は少し悲観的に考えすぎていたのかもしれない）

何かにつけて物事を悪い方にばかり考えすぎてしまうのは悪い癖《くせ》だと翔太は反省した。

＊

竹男が保健室に運ばれてから数分後。

自分の席に着いた夢愛は、教室の隅《すみ》でマニキュアを塗っていた。

過剰《かじょう》なネイルアートは男ウケが悪い。

あくまでクリアカラーを使って自然に見せるのが夢愛のこだわりであった。

血に濡《ぬ》れた竹男のものとは対照的に、薄ピンク色の夢愛の指先は、手入れを施《ほどこ》すことで一段と輝きを増していた。

「〰〰♪」

先程までの竹男に対する気遣《きづか》いはどこへやら——。

鼻歌交じりに爪の手入れをする夢愛からは、悪びれた雰囲気は一切見られなかった。

「……フンッ。食えん女だ」

後ろの席に着く綾斗は、人知れず不快感を露《あらわ》にしていた。

*

時刻は三時間ほど前に遡《さかのぼ》る。

「——い、嫌だ。学校に行きたくない」

ゲーム開始を知らせるメールが送付されたその直後。

湯河原《ゆがわら》竹男はベッドの上で布団《ふとん》にくるまり恐怖で震えていた。

竹男の部屋の至るところに飾られているのは、ガラスケースに入った美少女フィギュアである。

流行のキャラクターのみで固められたコレクションの中には、マニア垂涎《すいぜん》の限定品も多数取り揃《そろ》えられている。

フィギュアの収集は竹男にとって一番の趣味であった。

――リアルの女など糞《くそ》くらえ。

竹男にとっての愛情を注ぐべき対象は、部屋の中に飾られたフィギュアであり、ディスプレイの中に映し出された美少女イラストであった。

どうしてこんなことになってしまったのだろう。

決して多くのことを望んでいるつもりはなかった。

(ボクはただ……部屋に籠もってこの子たちに囲まれているだけで満足だったのに……)

今日もまた教室で血が流れることになるかもしれない。

臆病風《おくびょうかぜ》に吹かれた竹男は学校に行く決心がつかないでいた。

「タケオー?　お友達が来ているわよ?」

そんなことを考えていた時だった。

一階の方から母、久美子《くみこ》の意外な言葉が聞こえてくる。


（……へ？　誰だろう？）


最初に頭の中に思い浮かんだのは、1―Aのオタク仲間、綿谷幸《わたやこう》だった。

けれども、竹男と幸は教室の中では何かと喋《しゃべ》る機会は多かったが、互いの家を行き来するような間柄《あいだがら》ではなかった。

予想外の訪問を受けた竹男は、虚《きょ》を衝《つ》かれたような気分に陥《おちい》っていた。


「……竹男くん。朝早くからごめんなさい」


1階に降りて玄関の前を確認すると、そこにいたのは意外な人物であった。

姫宮夢愛。

彼女の存在は物語の中のキャラクターに傾倒する竹男にとっても無視できないものであった。

――まるでアニメの世界から飛び出してきたようだ。

夢愛に対する竹男の第一印象は、彼にとっての最大級の賛辞《さんじ》であった。

身長150センチちょっとの小柄な体軀《たいく》。

クリクリとした大きな眼。

同学年の人間とは思えないほど幼い顔立ち。

夢愛を構成するそれぞれの要素は、竹男にとって『たまらない』ものであった。


「すごーい。お人形さんがいっぱいだねー」


竹男の部屋に足を踏み入れた夢愛は、ガラスケースの中のフィギュアを熱心な様子で眺《なが》めていた。

不思議な気分だった。

大金を叩《はた》いて購入した自慢のフィギュアのはずだった。

中にはたったの一体で二万円を超える値段のものも存在している。

けれども、夢愛が近くにいるだけで、部屋の中のフィギュアが途端《とたん》にチープな作りに見えてくる。


「そ、それより、ボクに何の用なの？　姫宮さん」

振り返った夢愛は、ただ、黙って竹男の目を見つめていた。

気恥ずかしさに耐え切れなくなった竹男は、慌《あわ》てて視線を逸《そ》らす。

当たり前のことだが、目の前にいる少女の体が動いたことに少しだけ驚いた。

「――夢愛のことを助けてほしいの」

思わず手を差し伸べたくなるような儚《はかな》げな表情で夢愛は言った。

「ど、どういうこと?」

返事はなかった。

代わりに夢愛は制服のポケットから携帯を取り出した。

ＴＯ　姫宮夢愛
件名　第５回　友食いゲーム
状態　　　　感染者
ワクチン　右手の爪
ドナー　　　男子生徒

画面の中の文字を見た竹男は絶句した。

つまるところ彼女の目的は自分の爪にあった。

――可愛い女の子が自分の爪を欲している。

そんな極限の状態に置かれていることに気づいた竹男は額《ひたい》から脂汗《あぶらあせ》を流す。

「こ、これはでも、ボク以外の男子に頼れば良かったんじゃないかな。ど、どうしてボクなんだ？」

今回のドナーの対象は『男子生徒』であり個人名ではない。

どうして夢愛が一番最初に自分に相談してきたのか――。

竹男としてはそこが不思議でならなかった。

「それは竹男くんが他のどの男の子よりも優しい目をしていたから。他の男の子に頼んでも冷たくされちゃうと思ったの」

夢愛は潤《うる》んだ瞳《ひとみ》で竹男の手をギュッと握る。

この時点で竹男の中の冷静な判断能力はどこかに消失していた。

「――お願い。頼れる人は竹男くんしかいないの」

夢愛は畳《たた》みかけるかのように甘えた声を出すと、竹男の頬《ほお》に指を滑らせた。

「あうあっ……」

この世のものとは思えない艶《なま》めかしい指使いだった。

夢愛に頬を触れられた竹男は思いがけず声を漏《も》らすことになった。

「で、でも……。この右手がなくなったらボクは……」

アニメ趣味に傾倒する竹男にとって自らの右手は恋人と同義であった。

右手の爪を剥がす、という行為が、一体どれほどの激痛をもたらすのかはわからない。

けれども。

少なくともこれまでと同じような生活ができなくなることは、容易に想像ができた。

「なんだ。そんなこと」

竹男の言葉の意図するところに気づいた夢愛はクスクスと笑う。

「大丈夫。これからは夢愛がお手伝いしてあげるから」

夢愛は竹男の右手を取ると、それを自らの胸に押し当てる。

初めて触れる柔らかな胸の感触は、竹男の思考能力を根こそぎ奪い取っていく。

「うがっ。うがあああああああああああああああああああああぁぁぁぁ！」

激痛にもがく竹男の声が聞こえてくる中——。

ゲームのクリアを知らせる通知が届いたのは、それから暫《しばら》く後の話である。

桜坂高校１―Ａ　クラス名簿

桜坂高校１—A　クラス名簿

残り

男子 15　女子 16

ゲーム6　腎臓

TO　天野《あまの》翔太《しょうた》
件名　第6回　友食いゲーム
状態　　感染者
ワクチン　腎臓《じんぞう》
ドナー　田辺《たなべ》浩明《ひろあき》

その日の朝。
携帯に届いたメールを見た翔太は、唐突《とうとつ》に絶望の淵《ふち》に突き落とされることになった。

(嘘《うそ》……だろ……!?)

胸に手を当ててみると、心臓がバクバクと鳴っているのがわかる。

この時点で翔太の中の眠気は、一瞬で消失していた。

その時、翔太の脳裏《のうり》を過《よぎ》ったのは、スプーンを使って同級生の眼《め》をエグる健吾《けんご》の姿だった。

(俺が……殺《や》るのか……？　浩明のことを……)

ドナーとなる田辺浩明とは、決して浅い仲ではない。

中学の頃から同じ学校に通っていたし、プライベートでも何度か遊んだことのある大切な友人だった。

(いや。何かあるはずだ。誰も犠牲《ぎせい》にならない方法が——)

腎臓。ネットで調べたところ、この臓器は人体には二つ存在していて、一つを摘出《てきしゅつ》しても命に別状はないらしい。

髪・爪《つめ》といった部位《ぶい》よりは遙《はる》かに難易度は上がっているが、誰も死なずにゲームをクリアできる可能性はゼロではない。

それだけが現時点における翔太の中のたった一つの希望だった。

普段であれば眩《まばゆ》いばかりに部屋を照らすはずの朝の日差しが、何故《なぜ》だか、今日は入ってこない。

カーテンを開けて窓の外に視線を移すと、分厚い雲が太陽の光を遮《さえぎ》っていた。

＊

「……そう。今度の感染者は翔太くんなんだ」


駅のホームで電車を待っている最中。

翔太は登下校と共にするようになった由紀《ゆき》に事情を説明することにした。

「でも、翔太くんは田辺くんと友達なんだよね？　だからきっと協力してくれるはずだよ！」

「――ああ。なんとかするしかないよな」


翔太が考えた作戦は以下のようなものである。

まず、教室に到着したらすぐに浩明に腎臓を提供してもらえないか説得する。

了承《りょうしょう》を得たら一緒に病院に向かい、医者に頼んですぐに浩明の腎臓を摘出してもらう。

もっともこの作戦には様々な面で欠陥《けっかん》がある。

そのことは他ならぬ翔太自身が一番よく知っていた。

浩明の了承を得るのもそうだが、それ以上に医者に緊急の手術を実施してもらえる可能性が限りなくゼロに近い。

けれども、同時に誰も殺《あや》めることなく生き残る方法はこれしかないと翔太は考えていた。

「ねぇ。翔太くん。私からも大切な話があるんだけどいいかな？」

翔太の相談を受けた由紀は、決意の炎を秘めた眼差《まなざ》しで切り出した。

「なにかな」

「私ね。翔太くんのこと——」

刹那《せつな》、特快の電車が通り過ぎる。

突如《とつじょ》として発生した風は駅のホームを吹き抜けていく。

けれども、翔太は不思議と次に由紀が口にした言葉をハッキリと聞き取ることができた。

「好き、みたいなの」

その瞬間、その時だけは、周囲の雑音が消えたように感じられた。

「えっと。あの……」

突然の告白を受けた翔太は動揺していた。

面と向かって女子から『好き』と言われたのは初めての経験である。

決して本人のスペックが低かったというわけではない。

けれども、常《つね》に完璧《かんぺき》超人の遊岳《ゆうがく》と行動を共にしていた翔太は、その陰《かげ》に隠れて色恋沙汰《ざた》とは無縁《むえん》の人生を送っていた。

「たぶんだけど、私はずっと、昔から翔太くんのことが気になっていたと思うの。でもね、同時に小春《こはる》の気持ちを知っていたから遠慮していたんだろうな」

物心ついた時から由紀は、良く言うと聞き分けが良く、悪く言えば主体性のない子供であった。

大切な友達を傷つけたくはない。

そんな一心で由紀は、翔太に対する気持ちを胸の内に封じ込めていたのである。

「――だけどね。こんな時だもん。私はもう自分に『ウソ』をつくのはやめることに決めたよ」

そう語る由紀の眼差しには、吸い込まれるような不思議な魅力があった。

実際のところはどうなのだろうか。

自分は目の前の少女のことが好きなのだろうか？

恋愛経験の少ない翔太には自分の気持ちがわからなかった。

「返事は後でいいから。その代わりに一つだけ約束してほしい」

翔太の心情を読み取った由紀は柔らかい笑みを浮かべる。

「今日のゲーム。絶対に生き残って！　そしたら改めて返事を聞かせてもらうから！」

由紀の言葉に勇気づけられた翔太は、力強く頷《うなず》くことにした。

＊

教室に着くなり、翔太に向けられたのは他生徒たちからの警戒《けいかい》の視線であった。

前回の健吾《けんご》の一件が尾を引いているのか、朝の教室は誰かが足を踏み入れる度《たび》にピンと張りつめた空気になっていた。

翔太はこの空気が嫌いだった。

この空気を生み出している原因は、『誰が感染者かわからない』というゲームのルールによるものだろう。

「浩明！　一生のお願いだ！　俺にワクチンを提供してくれ！」

だから翔太は、すぐさま浩明の傍《そば》に駆け寄って頭を下げることにした。

自分たちがドナーでないことを知り、教室にいる他の生徒たちは安堵《あんど》の溜息《ためいき》を漏《も》らしていた。

「……そうか。今回のドナーはオレなのか」

浩明の言葉には、複雑な感情が込められているように感じられた。

「正面から頭を下げてきた点については評価するよ。自分が生き残ることだけを考えるのならば……健吾がやったみたいにオレを殺すのが正解だったと思うぜ」

「バカ言うなよ！　そんなことできるはずないだろ！」

「ハハッ。まったく……そういうところは昔から何も変わっていないよな。まぁ、でもオレだって気持ちは同じさ。クラスを代表する『委員長』として、一人の人間として——。救える命があるなら助けたいって思っている」

期待通りの返事を聞いた翔太は、心の中でグッとガッツポーズを取る。

（そうだよ。浩明は昔からこういうやつだった……！）

人一倍正義感が強く、誰もやりたがらない雑務を積極的に引き受ける。
学校ではボランティア活動にも精を出していた。
周囲の人間たちはそんな浩明のことを立派《りっぱ》だと評価している。
もちろん翔太もその一人であった。

「お前の言いたいことはわかった。たしかに誰も死なずにゲームを終わらせるためにはそれしかないと思う」

翔太から作戦の内容を聞いた浩明は感心したように同意した。
けれども、浩明の表情は窓から見える天気のように曇《くも》っていた。

「でもな、お前の作戦には致命的な欠陥《けっかん》があるぜ。仮に病院に行ったとして、医者にはなんて説明するんだよ？　まさかゲームに巻き込まれたから、緊急で手術をしてくださいなんて言うつもりじゃないだろうな？」

「それは……」

翔太は思わず言葉を詰まらせる。

ゲームのルールを知らない人間にとっては、健康な腎臓を摘出する理由が見当たらない。

かといってゲームの説明をしたとして、医者たちが納得するとは思えなかった。

「勘違《かんちが》いするなよ。オレだって助けられる命があれば助けたいんだ。ただ、今回のお前の作戦に乗ることはできない。いくらなんでも実現性が低すぎる」

ピシャリと突き放すような面持《おもも》ちで浩明は言った。

ここまでの浩明の言葉は常識的なものに思える。

しかし、同時にそれは友人を見殺しにしても構わないという冷酷《れいこく》な気持ちの表れでもあった。

（浩明は俺が死んでもいいって言っているのかよ……!?）

翔太は頭の中に浮かび上がった疑惑《ぎわく》を払拭《ふっしょく》するために大きく首を振る。

（……いや、友達を疑うのは止めよう。浩明は俺のためを思って言ってくれているんだ）

現状案が通らないのであれば、別のアイデアを提案するしかない。

そう考えた翔太がゼロから作戦を立て直そうとした直後だった。

「――わかった。オペならばウチの病院で請《う》け負おう」

突如として二人の会話に入ってきたのは意外な人物であった。

「……本当か!?」

「無論だ。オレの立場を以《もっ》てすれば、すぐにでも手の空《あ》いている医師に仕事を割り振れる。何なら代金も無料で結構だ」

半《なか》ば絶望的だと考えていた状況に希望の光が射《さ》した瞬間であった。

神木《かみき》病院の跡取りである綾斗《あやと》は院内でも父に次ぐ権力を有しており——。

その気になればすぐにでも現場の医師を動かすことができる立場にあった。

「どうして俺のためにそこまで？」

「ククク。なんてことはない。これはオレの趣味だよ。少しばかり偽善者《ぎぜんしゃ》の化けの皮を剥《は》いでやりたくなったんだ」

この時の翔太は、綾斗が口にした言葉の意味がわからなかった。

しかし、後になってから考えると、これから起こる全《すべ》ての出来事は、綾斗にとって思惑《おもわく》通りの展開だったのだろう。

「さぁ、田辺。今すぐに外に出ろ。タクシーを捕まえてウチの病院に行くぞ。グズグズしている時間はない」

翔太はそこで大まかな時間の計算をしてみる。

現在の時刻は8時30分。

タイムリミットが13時。

神木病院に移動するまでの時間が30分。手術にかかる時間が3時間と計算した場合——。

翔太に残された時間は、1時間を切っていた。

(危ない。結構ギリギリだったんだな……)

当初の計画通りに医者を説得していては、生き残ることは難しかった。

なんとか生存の目途《めど》を立てることに成功した翔太はホッと胸を撫《な》で下ろす。

綾斗の催促《さいそく》を受けた浩明は、ゆっくりと席を立った。

トボトボと歩く浩明は、そのまま少しずつ翔太たちから離れていく。

「あれっ。浩明……どこに行くんだ?」

不思議に思った翔太は声をかける。

ドンッ! と。

返事の代わりに返ってきたのは、勢い良く教室の扉を開ける音であった。

「あ……れ……?」

最初はトイレにでも向かったのかとも思った。

けれども、それにしては様子がおかしい。

力いっぱいに扉を開けて、廊下を走る浩明の姿は、まるで何かから『逃げている』かのような必死なものだった。

（だってお前さっき……助けられる命があるなら助けたいって……言ってなかったか……？）

その時、翔太の脳裏を過ったのは、これまで意識して考えないようにしていた最悪の可能性。

あまりに突然の出来事に上手《うま》く頭が回らなかった。


「何をしている」

「えっ……」

「追わなくていいのか？　やつを見逃したらお前の死は確定することになるんだぞ？」


綾斗の指摘《してき》を受けた翔太はハッと我に返る。

この時、翔太は自《みずか》らの置かれた立場を完全に把握《はあく》できていたわけではない。

けれども、このまま浩明を見失うことになれば、自身の生存が絶望的になることだけは本能的に理解した。

「待ってくれよ！　浩明！」

翔太は走った。廊下を走って浩明の背中を追った。

その時、翔太の脳裏に浮かんだのは遊岳が死に際に口にした言葉であった。

（そうだ。俺は遊岳と約束したんだ……。必ず生き残って、このクソッタレなゲームを終わらせるって！）


生き残るために友達に命乞《いのちご》いをするのは格好《かっこう》悪いことかもしれない。

けれども、僅《わず》かでも生き残る可能性があるならば――。

今はそれに賭《か》けてみたいと思った。

幼《おさな》い頃からバスケットボールに打ち込んでいた翔太の運動能力は、同年代の男子と比較をすると著《いちじる》しく高かった。

スタートの時点では絶望的と思われていた浩明との距離は徐々《じょじょ》に縮《ちぢ》まっていく。

「ひっ！　来るなっ！　来ないでくれぇぇぇ！」

追い詰められた浩明は階段を下りて、上履《うわば》きのまま校庭に出る。

前を走りながらも振り返った浩明の表情は、恐怖で青ざめたものになっていた。

浩明ほどの男が約束を違《たが》える理由が見つからない。

そもそも浩明は何故、必死になって逃げるのか？　翔太には理解できなかった。

＊

浩明のことを追いながら、翔太は過去の記憶を思い起こす。

それは三カ月前。

翔太が桜坂《さくらざか》高校に入学して、初めての夏休みを迎えようとする直前のことであった。

「ちょー。ちょー。これ、マジやべぇって！　オレ、やべぇもん拾ったわ！」

教室に足を踏み入れるなり、ハイテンションで声を張り上げる男の名前は桜庭雅也《さくらばまさや》。

金髪ピアスに胸元が大きく開いたシャツを身に着けた、見るからに軽薄《けいはく》そうな男である。

自信満々の様子で雅也が持ってきたのは、『信州《しんしゅう》リンゴ』と書かれた大きなダンボール箱である。

周囲にいた人間たちは何事かと教壇の上に集まっていく。

ダンボールの中に入っていたのは、円《つぶ》らな瞳《ひとみ》をした一匹の子猫であった。

「きゃっ！　猫ちゃんだー!?」

「わぁ！　こっちを見てるー！　可愛《かわい》いー！」

子猫を目《ま》の当たりにした女子たちは次々に歓声《かんせい》を上げる。

昼休みの教室は、雅也が持ち込んだ子猫により騒然《そうぜん》となっていた。

「雅也。これをどこで……？」

「それがよー。校門の前に捨てられているところを見つけたんだわ。まったく、こんな雨の日に飼い主も酷《ひで》ぇことしやがるよな。オレがいなければ今頃どうなっていたことか」

午前の授業をサボったことを棚に上げて雅也は告げる。

学生であれば捨て猫を放っておくことはできないだろうと考えたのだろうか。

そういう意味で言うと、この状況は、まんまと飼い主の策略《さくりやく》に乗せられたということになる。

雨水に濡《ぬ》れたまま放置すれば、風邪《かぜ》を引いてしまうかもしれない。

そう考えた女子生徒たちは、ひとまずタオルで子猫の体を拭《ふ》いてやることにした。

「ほら。小春！　猫ちゃんだよー？　可愛いよー？」

「私は別に……。そういうの興味ないから」

「そんなこと言わずに！　ねっ？　小春も拭いてあげて！」

由紀から強く勧《すす》められた小春は、手渡されたタオルを使って子猫の体を拭く。

「……たしかに可愛いわね」

子猫の可愛らしい姿にやられた小春は、思わず笑顔を浮かべることになった。

(うわっ。小春さんって……ああいう顔をするんだな)

普段クールな小春が見せる女の子らしい表情は、翔太の胸の鼓動《こどう》を速める威力《いりょく》を持っていた。

ひととおり猫の体を拭き終わった後――。

午後の教室には、一つの大きな問題が浮上していた。

それは『果たしてこの子猫の面倒《めんどう》をこれから誰が見るか？』ということである。

前の主人からは満足に餌《えさ》を与えられていなかったのか、ダンボールの中の子猫は栄養状態も悪く、野良《のら》として生きていくには、心もとない体つきをしていた。

「あんたが拾ってきたんだから、あんたが責任を取りなさいよ」

「はぁ!? ちょっ。奈緒《なお》！ 冗談キチィわ！」

先程までの和気藹々《わきあいあい》としていた雰囲気《ふんいき》から一転。

教室の空気は、途端《とたん》に殺伐《さつばつ》としたものになった。

「だ、か、ら！ オレはただ捨てられていたのを拾ってきただけで……そういうつもりは全くないっつーの！」

動物の命に責任を持つということは、様々な面倒事が付き纏《まと》う。

その辺《あた》りの知識は、高校生ともなれば誰しもが身につけているものであった。

「くだらん。そんなもの、とっとと保健所に連れていけばいいだろう」

綾斗の放った一言により、教室の空気は一段と重苦しいものになった。

保健所に連れて行かれた動物がどのような末路を辿《たど》るかは明白だった。

運良く里親《さとおや》を見つけられたものを除いて、大半の動物は、処分されることになる。

(それだけはダメだ。絶対に阻止《そし》しないと……)

誰も引き受けたがらない以上は仕方がない。

最後の手段として、翔太が自ら里親として名乗り出ようとした直後であった。

「——オレが引き取るよ」

一人の生徒が手を挙げて、教壇の上に立つ。

「浩明……。たしかお前の家はペットを飼えなかったんじゃ……?」

浩明の住んでいるマンションは動物を飼うことのできない規則であることを知っていた。

浩明の家は、翔太が住んでいる場所から徒歩で5分くらいの位置に存在していたのである。

「まぁな。けど、一時的ならなんとかなると思う。オレは老人ホームでボランティアもやっているし、皆よりも里親探しのコネも持っているはずだから」

ダンボールの中の子猫の頭を撫でながら浩明は言う。

「それにほら。なんというかオレは……困っているやつを見ていると放っておけない性質《たち》なんだ」

胸の内側からジンと熱いものがこみ上げてくるのがわかった。

浩明の行動は誰にでもできるようでいて、決して常人《じょうじん》には真似《まね》できないものである。

自分にとって益《えき》のない面倒事を引き受けられる人間は多くない。

その出来事があって以来――。

翔太の浩明を慕《した》う気持ちは、ますます強まっていくのだった。

*

「教えてくれ！ 浩明！ 何か……何か理由があるんだろ!? さっきお前は、助けられる命があるなら助けたいって……そう言っていたじゃないか!?」

浩明は決して友達を見殺しにしたりしない。

そのことに関して翔太は誰よりも自信を持って言い切ることができた。

「ふざけるなあああぁぁぁ――――！　誰が本心でんなこと言うかよぉぉぉ――――!?」

息遣《いきづか》いを荒くしながらも浩明は叫ぶ。

浩明の口から出てきた言葉は、翔太が期待していたものではなかった。

「この際だから言ってやる！　オレはな……お前のことが昔からずっと気持ちが悪かったんだ！」

「何を……言っているんだ……？」


実のところ――――。

周囲から『正義感のある人間』と称される、翔太と浩明であったが、その本質は正反対のものであった。

浩明が誰もやりたがらない仕事を率先《そっせん》して引き受けるのは、そこに特別な利点を見出《みいだ》していたからである。

――――浩明の本質は徹底的な利己《りこ》主義者であった。

けれども、翔太の好意には全く見返りを求める様子がない。

だから浩明は以前から翔太に対して、心の底では嫌悪感を抱いていたのである。

(……違うっ。浩明は混乱しているだけだ。本当のあいつは誰よりも優しいやつなんだ！)

翔太は自らにそう言い聞かせると、より一層、走るスピードを上げていく。

(——届く。もう少しで)

翔太の手が浩明の肩に届く寸前であった。

ズキリッ。

右脚《あし》を挫《くじ》いた翔太の体は大きくバランスを崩《くず》すことになる。

奇《く》しくも翔太が痛みを覚えたその場所は、中学三年生の時、バスケットボールの試合で負傷したのと全く同じ場所であった。

(どうして俺は……こう肝心《かんじん》な時に……)

視界が地面に近づくにつれて、頭の中にかつての苦い記憶が鮮明に描かれる。

——それは夏の試合を直前に控《ひか》えた練習試合の日の出来事だった。

全国大会の出場候補の筆頭と目された翔太たちにとっては、格下チームとの調整の意味合いが強い試合だった。

けれども、遊岳と比べてポイントの取れていないことに焦《あせ》りを覚えた翔太は、強引なプレイを重ねて、結果、取り返しのつかない代償《だいしょう》を負うことになる。

この時の足のケガが原因で翔太は、打ち込んでいたバスケットボールをやめることになってしまった。


「——グガッ」


勢い良く倒れた翔太は、そのままグラウンドを転がることになる。

翔太にとっての生きる希望が——ワクチンが——。

徐々に遠のいていく。


「悪いな！　翔太！　お前はゲームオーバーみたいだぜ！」


思いがけない幸運。

間一髪《かんいっぱつ》のところで勝利を確信した浩明は嗤《わら》っていた。

「なぁ。今どんな気持ちだよ？　ククッ。オレを捕まえられなかったらお前は死んじまうんだぜ」

翔太が立ち上がれないとみるや、浩明は踵《きびす》を返してゆっくりと近づいてくる。

浩明の眼差しは、まるでゴミを見ているかのような冷酷なものであった。

（……お前は一体……誰なんだよ？）

目の前の人物が自分の知っている田辺浩明と同一人物であるとは信じられない。

極限状態に置かれて混乱しているとはいっても限度がある。

少なくとも翔太の知る浩明は、友人の死を嘲笑《あざわら》うような人間ではなかったはずだった。

「なぁ。一つだけ教えてくれよ。浩明……お前はそんな人間じゃなかったはずだろう？　あの時の……捨て猫の里親探しの時だって率先して引き受けてくれたじゃないか」

一体何が浩明をおかしくしているのだろうか。

実際に浩明の裏の顔を目にしながらも翔太は未《いま》だに納得できずにいた。

「お前のその、何でもバカ正直に信じちまうアホ面《づら》。ほんとイラつくぜ」

浩明は追いかけてきた仕返しと言わんばかりに翔太の顔を蹴《け》り上げる。

口の中にジワリと土と血の味が広がった。

「ハハッ。良い機会だから教えてやろうか。お前がオレに託《たく》した子猫がその後どうなったか」

＊

クラスメイトには無事に里親を見つけることができたと報告していたが、実際のところは違っていた。

自宅に子猫を持ち帰った浩明は、新しい玩具《おもちゃ》を与えられた子供のように心を弾《はず》ませていた。

「――さてと。コイツとはどうやって遊ぼうかな」

他人には決して口外できない浩明の趣味――。

それは拾ってきた動物を虐待《ぎゃくたい》して、愉悦《ゆえつ》に浸《ひた》ることであった。

「そうだ！　お前……雨に打たれて体が冷えているだろう？　温めてやるよ」

思い立ってからの浩明の行動は早かった。

まず、慣れた手つきでビニール袋の中に子猫を詰める。

こうすることで猫から漏《も》れ出した糞尿《ふんにょう》の処理が楽になると考えたのである。

虐待の最中、動物が脱糞・失禁することは過去の経験から知っていた。

雨に打たれて体力が低下していたのか、袋に詰められながらも子猫は、さしたる抵抗を見せなかった。


「よしよし。良い子だ」


次に浩明が向かった先は台所だった。

そこで浩明は子猫を電子レンジの中に入れると、扉を閉めて、おもむろにタイマーをセットする。

何も知らない子猫は、袋の中から無垢《むく》な眼差しを向けていた。

「スイッチ、オン♪」

時間を5分に設定したところで『温める』ボタンを押した。

600Wの高熱がジワリと子猫の体を温め始める。


「フーッ、シャーッ！」


異変を察知《さっち》した子猫は、体に残っていた力を振り絞《しぼ》りビニール袋を突き破る。

ドンドンドン！

電子レンジの中に閉じ込められた猫は、その小さい手を使って必死に扉を叩《たた》く。

当然ながら子猫の力では、内側から扉を開けることは叶《かな》わなかった。


「うごおおあゃぁぁぁぁぁ！」


先程までの衰弱《すいじゃく》した状態がウソのようだった。

電子レンジの中に閉じ込められた子猫は、あるはずのない『出口』を求めて、必死に暴れまわっていた。

しかし、それも時間にすると一瞬のことだった。

体の温度が常軌《じょうき》を逸《いっ》した数値にまで上がった子猫は、徐々に動きを鈍《にぶ》らせていく。

流れる血液が蒸気《じょうき》に変わり、肉体は内側から膨張《ぼうちょう》を始める。

次の瞬間。

内圧に耐え切れなくなった子猫の体は破裂した。

「ったく。あー、あー、あー。盛大に漏らしやがって。何のためにビニール袋を用意したと思っているんだよ」

袋の中に入れても破られてしまうと意味がない。

電子レンジの内側には、大量の血液と糞尿、変わり果てた子猫の亡骸《なきがら》だけが残っていた。

＊

「そんな……そんな……ことって……」

こんなことになるなら保健所に連れて行った方がずっとマシだった。

真実を告げられた翔太は、ただただ己《おのれ》の選択を悔《く》やむことしかできなかった。

「オレはな！　自分より弱いやつを！　こうやって！　見下すことが！　痛めつけることが！

たまらなく好きなんだぁっ！」

翔太の体を激しく足蹴《あしげ》りしながら浩明は言う。

率先してボランティア活動に精を出すのは、弱者の傍に寄り添い、彼らを見下したかったからに他《ほか》ならなかった。

翔太の皮膚《ひふ》は裂けて、焼けるような痛みを発し始める。

「……チッ。もう少しテメェを痛めつけてやりたいが、クラスの連中が現れても始末《しまつ》が悪い。それじゃあ、オレはお暇《いとま》させてもらうぜ」

感情的に暴力を振るっているように見えて浩明は冷静であった。

この辺りの引き際を見極《みきわ》める能力が、これまで周囲に本性を隠すことができた理由だった。

「……ま、待ってく――」

このまま校外に出られてしまうと時間内に浩明を捜すのは絶望的だった。

なんとかして浩明を止めなければ――。

そんなことを考えていた矢先だった。

校外に一歩足を踏み出した浩明の頭は、不自然なほどに膨《ふく》れ上がり——内容物をぶちまける。

その光景は翔太にとって、あまりに想定外のものだった。

感染者である自分はともかく健常者である浩明が死亡する理由がわからない。

「……なるほど。やはりこうなったか」

翔太が途方に暮れていると、後からやってきた綾斗が意味深な言葉を呟《つぶや》いた。

「お前はそこにいて死体を見張っていろ。いいか？　オレが戻ってくるまで何があっても絶対にそこから動くな」

綾斗に命令されるまでもなく翔太の中には、新しいアクションを起こす気力は残っていなかった。

＊

それから3分後。

校舎の中から戻ってきた綾斗の手には、何故か、二本のモップが握られていた。

「オレは右側から体を引き寄せる。お前は左側から同じことをやれ」

そこまで言われたところで翔太はようやく今回の出来事について理解する。

ルール5　学校を休むと死亡する

結論から言うと、浩明が死んだ理由はルール5にあった。

ゲームの参加者は学校の中にいることを強制される。

それはつまり欠席はもちろん、ゲーム中の早退についても同様に認められないということであった。

綾斗がモップを持ってきたのは、校外にある浩明の体を引き寄せるためだった。


「……綾斗は最初から気づいていたのか。浩明がこうなるってこと」

「まぁな」

「一体どうして?」

「簡単なことだ。人は本質的に自分のためにしか行動できない。世の中には愛だの友情だの、腑《ふ》抜《ぬ》けた言葉が存在するが……オレから言わせると、そんなものは全て紛《まが》い物に過ぎん」

全てを悟ったかのような眼差しで綾斗は告げる。

「この世界を動かしているモノ、それは人間のエゴだけだ」

一体どんな経験をすれば、これほどまでに冷酷な表情を浮かべることができるのだろうか？

翔太には全く想像ができなかった。

「とっとと作業を進めろ。このまま時間が切れるとコイツの死は無駄になるぞ」

翔太と綾斗は二本のモップを使って浩明の死体を校内に手繰《たぐ》り寄せた。

人間の体重というのは想像していた以上に重く、二人がかりでも作業には時間がかかった。

「よし。この辺りでいいだろう」

首から上が弾《はじ》け飛んだ浩明の死体が二人の前に力なく転がった。

「ふふ。自分の手を汚さずにワクチンを手に入れるとは……。まったく大した悪運だな」

意味深な言葉を口にすると綾斗はポケットの中からナイフを取り出した。

綾斗が次に何をしようとしているのか――翔太にはすぐにわかった。


「待てよ。それは俺がやることだろ！」

「いいから。黙って見ていろ。素人《しろうと》に任せると余計、面倒になる」


綾斗はナイフを使って浩明の腹を切る。

ビチャリ。ビチャリ。

勢い良く上がった血飛沫《ちしぶき》が綾斗のメガネを赤く染めた。

しかし、綾斗の集中力は揺るがない。

綾斗はそのまま淡々《たんたん》と作業を続けていく。

やがて浩明の体の中に手を突っ込んだ綾斗は、一つの臓器を取り出した。

綾斗の手際《てぎわ》は鮮やかで、腹の切り口も、よくよく目を凝《こ》らさないと見つけられないほど自然であった。


「ほら。お前が探していたのはこいつだろ？」

綾斗が手にしていた臓器は、たしかに翔太がネットで調べた腎臓の特徴と一致していた。

「こいつをどう使うかはお前の勝手だ。好きにしろ」

ワクチンこそ手に入れたが、翔太の中には一つの疑問が渦巻《うずま》いていた。

どうして綾斗は自分のためにここまでのことをしてくれるのだろうか？　翔太にはその理由がわからない。

今はただ、掌《てのひら》の中の生暖《なま》かい臓器の感触だけが、翔太の意識を赤黒く濁《にご》らせていた。

＊

目的の腎臓を入手した翔太であったが、さっそく次の問題に突き当たっていた。

（コイツを食べないといけないのか……。しかしどうやって……？）

翔太の掌の中にあったのは、まだ熱を持った、同級生の腎臓であった。

人間の内臓とは、そのまま食べられるものなのだろうか？

ネットで検索をしてはみたが、いかんせん参考文献が少なすぎて、翔太にはよくわからなかった。

「——翔太くん!?」


暫《しばら》く廊下を歩いていると、一人の少女と遭遇《そうぐう》する。

翔太のことを懸命に捜し回っていた由紀は、肩で息をしているようであった。


「そ、その大丈夫だったの? 服に血がついているけど……」

「……ああ。事情は後で話すけど、俺のことなら大丈夫」

「許せないよ——! あの男、翔太くんのことを——!」

額《ひたい》に汗《あせ》を浮かべながら由紀は怒りを露《あらわ》にする。

由紀にとって翔太を裏切った浩明の行動は看過《かんか》できないものであった。

その鬼気《きき》迫る表情は、思わず翔太をたじろがせるほどのものであった。

「落ち着いて。目的のものは無事に手に入れることができたから」

翔太はそれだけ言うと血の滴《したた》る制服のポケットを指さした。

流石《さすが》に校内で臓器を持ったままうろつくわけにもいかず、翔太は浩明の腎臓をポケットに入れていたのであった。

「ねぇ。翔太くん。提案があるんだけど」

翔太から事の説明を受けた由紀は、熱を帯びた眼差しのまま呟いた。

「その内臓、調理は私に任せてはもらえないかな？」

「は？」

「——私の実家、小料理屋をやっているんだ。小さい頃から店の手伝いをしていたから、料理の腕には結構自信があるの」

由紀の提案は翔太にとって想定外のものであった。

翔太は悩んでいた。

翔太としては『友達の肉を調理する』という行為は他人に任せるべきではないと考えていた。

それは間接的にとはいえ、浩明を殺してしまった自分に対するケジメであり、勝手ながらも罪滅《つみほろ》ぼしの意味合いがあった。

「お願い！　私、翔太くんの力になりたいんだよ！」

しかし、いつになく真剣な由紀の眼を前にした翔太は考えを改める。

「わかった。そういうことなら任せるよ」

翔太はポケットの中に入れていた腎臓を取り出すと、由紀の掌の上に置いた。

由紀は眉《まゆ》一つ動かさずに肉を受け取る。

「意外と驚かないんだね」

「……おかしいかな？　こうしてバラバラにしてしまうとね、人間の肉も、動物の肉も、あまり変わらない気がするんだ」

さもそれが当然のことであるかのように由紀は言った。

（やっぱり由紀ってスゲーや……）

普通の人間であれば触ることはおろか、視界に入れることすら、嫌悪《けんお》するはずだった。

その時、翔太は初めて由紀の中の異常性を垣間見《かいまみ》たような気がした。

＊

それから。

家庭科室に移動した由紀は特製のモツ煮込《にこ》みを翔太に振る舞った。

綾斗が家庭科室に持ち込んだものは、調理器具の他に、調味料、野菜など、様々である。

細かく刻《きざ》んだ臓物に、ニンジン、コンニャクを入れたモツ煮込みは一見すると、市販されているものと違いがなかった。


「まさか初めて食べる女の子の手料理がこんなものになるなんてな……」


味を感じられる余裕はなかった。

食べている最中に翔太は、何度も生理的嫌悪感から吐き出しそうになった。

ＴＯ　天野翔太
件名　状態変更

状態　感染者　↓　健常者

グニョグニョとした肉の歯ごたえが翔太の脳裏にピッタリと張り付いて、離れようとしない。

待ちに待ったメールが届いたのは、料理を半分ほど平らげた後のことだった。

桜坂高校１―Ａ　クラス名簿

桜坂高校１—Ａ　クラス名簿

残り

男子 14　女子 16

ゲーム7　肺

TO　天野翔太《あまのしょうた》
件名　第7回　友食いゲーム
状態　　健常者
ワクチン　肺《はい》

セットした携帯のアラームが翔太の意識を強引に覚醒《かくせい》させる。

睡眠不足のせいか瞼《まぶた》が重い。

朝の習慣となっているステータスチェックを済ませた翔太は深々と溜息《ためいき》を吐く。

ワクチンの部位《ぶい》から考えて今日も死者が出ることは間違いない。

果たしてこのゲームは一体いつまで続くのだろうか？

翔太はこれまで、考えられる限りのあらゆる手段で、ゲームの情報を集めるために奔走《ほんそう》していた。

けれども、今日に至《いた》るまでゲームを抜け出す方法を発見することはできていない。

(――クソッ。このままだと犠牲者《ぎせいしゃ》が増える一方だ)

今日もまた新しい死者が出ることは明白だった。

けれども、何故《なぜ》だろう。

以前と比べると随分《ずいぶん》と冷静に事態を受け止められるようになった気がする。

翔太は次第《しだい》に人が死んでいくことに慣れつつあったのだ。

果たしてそれが良いことなのか、悪いことなのか――。

今の翔太にそれを判断できるだけの冷静さはやはりなかった。

*

午前7時を目前に控《ひか》えた電車のホームでは、通勤中のサラリーマンたちの姿がまばらに見える。

由紀《ゆき》と一緒にベンチに座りながら翔太は、吸い込まれるようにして快速の電車に入っていく人間たちの姿を眺《なが》めていた。

今後のことを考えると気分が重い。

前日のゲームで嘔吐《おうと》を繰り返したせいか、体調も優《すぐ》れなかった。

「どうしたの？　辛《つら》そうな顔をしているよ」

異変に気づいた由紀は、翔太の手を握って心配そうに顔を覗《のぞ》き込んだ。

「悩んでいることがあったら何でも言ってね。私、翔太くんの力になりたいんだ」

「ああ。サンキュな。由紀」

由紀の告白から一日が過ぎた。

あれから一晩考えたものの、翔太にはやはり由紀のことを好きかどうかはわからなかった。

だがしかし。由紀の無垢《むく》な眼差《まなざ》しに対して言いようのない魅力を感じるようになっているのも否定できない事実だった。

『――けど、こんな時だもん。私はもう自分に「ウソ」をつくのはやめることに決めたよ』

その言葉を口にしてからというもの、彼女の雰囲気《ふんいき》は一変していた。

ドキドキドキ。

由紀の澄《す》み切った瞳《ひとみ》を見ているだけで、その中に吸い込まれそうになる。

この感情を果たして恋と呼んでいいものか？

翔太にはよくわからなかった。


「あっれぇ〜。翔太じゃねーの」


その時だった。

突如《とつじょ》として耳障《みみざわ》りな男の声が聞こえた。

桜庭雅也《さくらばまさや》。

どちらかというと翔太は、その男のことを苦手としていた。

中学までの雅也は、バスケットボールに打ち込む生真面目《きまじめ》な少年であった。

かつては翔太との仲も良かったのだが、高校に入学してから雅也は変わってしまった。

女遊びにハマった雅也は、外見が派手《はで》になり、ガラの悪い友人たちと付き合うようになっていた。


「あっれえぇぇぇ!?　どうしたんだよ！　翔太が女連れとか珍《めずら》しいじゃんか！」

隣に座る由紀の姿を見た雅也は大袈裟《おおげさ》に叫ぶ。

「バカ。そんなんじゃねーよ。俺たちこんな状況だろ？　だから互いの安全のために一緒に登校しているの。本当そんだけ」

「またまた〜。そんなこと言って。夜はよろしくやっているんじゃねーの？」

雅也は下卑《げび》た笑みを浮かべると、由紀の体をじっとり舐《な》めるように眺め回す。

翔太はその視線を遮《さえぎ》るようにして雅也の前に立つと、思い切って話題の転換を図ることにした。

「ところで今日は一体どうしたんだ？　やけに上機嫌みたいだけど」

「あ？　わかる〜？　ちょっち今日は楽しみな用事があるんだよねぇ」

「用事？」

「あ！　そんじゃま、電車も来たことだし、邪魔者はこの辺《あた》りで退散しますわ。お二人さん、ごゆっくり〜」

意味深な言葉を残した雅也は、目の前の車両に乗り込んでいく。

扉が閉まり、電車は走り出す。

別々の車両に乗ることに決めたのは翔太自身のはずだった。

けれども、何故だろう。

翔太はずっと隣の車両で携帯を見つめる雅也の様子が気になって仕方がなかった。

＊

桜並木の坂道を上り、学校を目指す。

体に疲れが残っているせいか、普段よりも心なしか坂が長く感じられた。


（この状況は……精神的に辛いな……）


教室に到着してからそれなりの時間が過ぎた。

こんなパターンは初めてのことだった。

本来であれば三時間目の授業に差しかかっているのだが、一向に感染者が判明する気配がなかった。

教室の席に着いている生徒は、時間が経過するごとに少なくなり、今では全体の半数未満になっていた。

残りの半分は校内のどこかに身を潜《ひそ》めているのだろう。

朝からロクに姿を見せない者も多かった。

もしかしたら外にいる生徒たちの間で、既《すで》に何かしらの決着がついているのかもしれない。

翔太がそんな予感を抱いた直後であった。


(ん?　何か背中に当たったような……)

気になって振り返ってみると、机の下にクシャクシャに丸められた紙を発見する。

『消えろ　人食い』


開いてみると、紙にはそう書かれていた。

クスクス。

クスクス。クスクス。

周囲の生徒たちは翔太の方を見て笑っていた。

ゲームのルールだけを考えるのであれば、あえて教室の中に留まっている理由はない。

にもかかわらず教室に残る生徒が多いのは、他人が傍《そば》にいる方が安心という人間が多いからである。

だからこの教室に残っている集団は、どちらかというと、心の弱い生徒の集まりであった。

そんな彼らにとって、友達の肉を食って生き残った翔太の存在は、軽蔑《けいべつ》の対象であった。

瞬間、翔太は背筋《せすじ》に悪寒《おかん》を感じることになる。

この極限状態の中で、『人食い』のレッテルを貼《は》られてしまっては何が起きるかわからない。

場合によっては、正義感を振りかざし集団になって一人の人間を襲《おそ》うような展開も考えられる。


「……いい気味ね」


その時、翔太は一人の生徒が呟《つぶや》いた言葉をたしかに聞き取っていた。

彼女の名前は月野木《つきのぎ》涼子《りょうこ》。

同じクラス委員として浩明《ひろあき》に対して好感を抱いていた涼子は、翔太に対して悪感情を抱いていた。

とにかく今は一刻も早く悪意の視線から逃れたい。

そう考えた翔太は席を立つと、足早に教室を後にするのであった。

＊

TO　飯島《いいじま》奈緒《なお》

件名　第7回　友食いゲーム
状態　　健常者
ワクチン　　肺

時刻は朝の4時50分。

ゲームが始まってからというもの、毎日この時間に飯島奈緒の部屋は騒がしくなる。

うんざりするくらい念を入れてセットした三つの目覚まし時計が、同時に作動して奈緒を眠りから呼び起こす。


（……良かった。今日も感染者はアタシじゃない）


朝の5時に送られてくるメールのチェックを済ませた奈緒はホッと胸を撫《な》で下ろす。

寝起きの悪い奈緒にとっては、部屋の中の三つの目覚まし時計は、命を繋《つな》ぐ必需品《ひつじゅひん》である。

仮に『感染者』に選ばれていた場合、1秒でも早くワクチンを獲得するための作戦を練る必要があった。


（さて。とっとと準備しちゃいますか）

本音を言うと二度寝をしたいところだが、ゲームの性質上、悠長《ゆうちょう》なことはしていられない。

奈緒はパジャマを脱ぎながら部屋のクローゼットを開ける。

そこには購入したばかりの洋服が綺麗《きれい》に並べられていた。


――欲しいものは何でも手に入った。


離婚した奈緒の父親は、多数の飲食店を経営している資産家であった。

父親が毎月振り込んでくる慰謝料《いしゃりょう》のおかげで、奈緒は何不自由のない暮らしができている。

制服に着替えた奈緒は、髪の毛をセットするために鏡の前に立つ。

ショートになった髪の毛を見る度《たび》に、好きだった人のことを思い出してしまう。

奈緒は毎朝のこの時間を少しだけ憂鬱《ゆううつ》に感じていた。


「やばっ。昨日の分の日記をつけるの忘れてた」

毎日、日記をつけることは、奈緒にとって欠かせない習慣の一つだった。

ゲームが始まって以来、何かと内容が暗くなってしまうので無意識の内に日記をつけないで寝てしまうことが増えていた。

「あれ……電話……？」

着信音につられて携帯電話に目を移す。

ディスプレイに表示された名前は新島《にいじま》亜衣《あい》。

留美《るみ》が死んだ今となっては、奈緒にとっては唯一無二《ゆいいつむに》の友達と呼べる人物であった。

＊

電話により亜衣に呼び出された奈緒は駅前のカフェを訪れていた。

親友の留美が命を落としてからというもの、奈緒は亜衣と二人で登校することが多かった。

「ごめんね。突然呼び出しちゃって」

「ううん。いいのよ、全然」

奈緒が席に着くと、テーブルの前に二人分のアイスコーヒーが並んでいた。

友人と一緒に食事をとる場合は奈緒が会計を持つことが多かったが、この日の亜衣は先に注文を済ませて奈緒の到着を待っていた。

「あのね。奈緒。今回の感染者はウチみたいなの」

TO　新島亜衣
件名　第7回　友食いゲーム
状態　　感染者
ワクチン　肺
ドナー　　桜庭雅也

夢であるのならばどうか醒《さ》めてほしい。

亜衣からメールを見せられた奈緒は愕然《がくぜん》とすることになった。

「ねぇ。奈緒。ウチ……まだ死にたくないの。だからワクチンを手に入れるために協力してほしい」

「ちょっと待ってよ。それってアタシに雅也を殺せってことだよね？」

奈緒にとって雅也は、決して印象が良い人物ではなかった。

取り立ててルックスが良いというわけではないし、女を手籠《てご》めにするためには手段を選ばない。

同じクラスになってからというもの雅也は、奈緒に対して執拗《しつよう》なアプローチを続けていた。

勘違《かんちが》いのナルシスト野郎。

それが雅也に対して抱いている奈緒の印象であった。

「——大丈夫。奈緒に手は汚させない。作戦は全部ウチが考えているから」

「でも……でも……」

亜衣を助けるということは、必然的に雅也を殺す羽目《はめ》になる。

ゲームを重ねていれば、嫌でも理解することになるジレンマだった。

「ねえ。奈緒。ウチら……トモダチだよね？」

僅《わず》かに語気を強めて亜衣は言った。

アイスコーヒーの中に入っていた氷が崩《くず》れ、乾いた音を鳴らす。

「——も、もちろん。友達に決まってるじゃん」

その言葉は奈緒にとって嘘偽《うそいつわ》りのないものであった。

留美が死んだ今となっては、奈緒にとって亜衣は無二の友達に他ならなかった。

「そう。奈緒はそのトモダチを見殺しにしてもいいっていうの？」

奈緒は黙って首を振る。

これ以上、友達を失うのは嫌であった。

たとえ道徳的に許されないことであったとしても――。

それだけは奈緒にとって耐えられないことであった。

＊

亜衣の考えた作戦は以下のようなものであった。

まず、奈緒が雅也を人気《ひとけ》のない場所に呼び出す。

次に奈緒が注意を引きつけている間に、後ろから接近した亜衣が包丁で雅也を仕留《しと》めるという算段であった。

「奈緒に頼むのは雅也を引きつけるってところだけ。後のことはウチ一人でやるから安心してよ」

「わかった。けど、状況が状況じゃん？　アタシの呼び出しに応じてくれるかな……？」

平常時ならいざ知らず、ゲームに参加している今となっては、雅也が素直に呼び出しに応じるか疑問であった。

何かの罠《わな》と考えて警戒《けいかい》される可能性も十分にある。

「大丈夫。雅也のやつ、奈緒に気があるのバレバレじゃん？　女の武器を使えば余裕だって」

「ハハハッ……。そ、そうだよねー」

好きでもない男に色仕掛けをしなければならないと思うと頭が痛いが、今は贅沢《ぜいたく》を言っていられる余裕はない。

二対一とは言っても男と女では筋力が違いすぎる。

作戦が失敗すると、ワクチンの入手は困難になる可能性が高い。

それどころか下手をすると報復を受けて、命が脅《おびや》かされることになるかもしれない。

（……やるしかないか。友達を守るためだもんね）

奈緒は覚悟を決めると、雅也を誘い出すメールの文章を考えるのであった。

＊

それから。

色々なパターンの誘い文句を考えていた奈緒であったが、最終的には『相談したいことがあるから二人きりになりたい』という旨《むね》のシンプルなものに決めることにした。

それというのも今の状況を考えると、露骨《ろこつ》に相手の気を引くような文章は警戒させてしまうだけだと考えたからである。

待つこと2分後。

思っていたよりも早くに雅也からの返事は来た。


（……釣れた！）

目論見《もくろみ》通りに雅也からの了承《りょうしょう》を得た奈緒は、心の中でガッツポーズをした。


「ごめんね。急に呼び出しちゃって」

「いやいや。奈緒の頼みならお安い御用だよ」

待ち合わせ場所である体育館裏で待機していると、目的の男——桜庭雅也は嫌らしい笑みを浮かべながらやってきた。

奈緒は何より雅也の眼《め》が嫌いだった。

女の体を舐め回すような不快な視線。

まるでそれは女のことを性欲処理の道具として見ているかのようであった。

雅也の近くにいるだけで奈緒は、鳥肌《とりはだ》が立つような嫌悪を感じていた。


「それで何？　相談って？」

「えとね。アタシたちって今こういう状況でしょ？　一人でいるのがずっと心細かったの。だから男である雅也に守ってほしいな、と思って」

話の内容など何でも良かった。

ここまで来れば会話を繋げて、雅也の注意を引きつけているだけで作戦は終了するはずだった。


「なるほどね。それってつまりオレにボディガードになれって意味？」

「……うん。そんな感じ」

「へぇ。意外だな。奈緒ってプライド高いじゃん？　だからそんな風に男に頼むとは思わなかったよ」

雅也は下卑た表情を浮かべると意外な提案を口にする。

「まぁ、引き受けてやってもいいけど、その前に服を脱いでくれよ」

「はぁっ!? あ、あんた……頭おかしいんじゃないの!?」

奈緒は思わず上擦《うわず》った声で返事をする。

薄々こういう要求をされるのではないかという覚悟はしていたが、いざ想像が現実のものになってみると嫌悪感が勝った。

「おいおい。それが人にものを頼む態度かよ。オレは別にどっちでもいいんだぜ?」

「……だ、だからってっ」

ちらりと体育館の角に視線を移すが、亜衣が動く気配はなかった。

(——なに? もっと注意を引きつけないといけないの?)

慎重になる気持ちはわかるが、奈緒としては気が気ではなかった。

――こんな仕事を引き受けるんじゃなかった。

今更《いまさら》ながら奈緒の中に後悔の念が押し寄せる。


「……わかったわよ。これでいいんでしょ」


覚悟を決めた奈緒はブラウスのボタンを外して、お気に入りの下着を露《あらわ》にする。

雅也の視線があからさまに胸に集中しているのがわかった。


「今度はスカートの中だ」


雅也はニヤニヤと汚らわしい笑顔を浮かべていた。

その時、奈緒は自分の中で何かが崩れていくような音を聞いた気がした。

耐え難い屈辱《くつじょく》だった。

けれども、今は雅也の言うことを聞く以外に選択肢《し》がない。

奈緒の中にあったのは、羞恥心《しゅうちしん》というよりも下賤《げせん》な男に言いなりにされる『悔《くや》しさ』の感情の方が強かった。

奈緒は震える手で自《みずか》らのスカートをたくし上げる。

「ああ！　いいねぇ！　形振《なりふ》り構わず男に媚《こ》びる奈緒の姿……サイコーにそそるよ」

次に雅也の取った行動は予測不能なものであった。

何を思ったのか雅也は――強引に奈緒の体を押し倒したのである。

反抗したい気持ちもあったが、恐怖で声が出なかった。

雅也は慣れた手つきで乱暴に奈緒の体を弄《まさぐ》っていく。

（亜衣。早く助けて……）

目を瞑《つむ》りながらも祈る奈緒であったが、次に聞こえてきたのは、思わず耳を疑いたくなる言葉であった。

「ちょっと～。カメラ回す前から先に始めるとかありえないんですけど！」

声のした方に目をやると、そこにいたのはビデオカメラを片手に持った亜衣であった。

「なに……それ……？」

当初の予定では、刃物を持った亜衣が雅也の背後から不意打ちを仕掛ける予定であった。

声を出し雅也に存在を感づかれてしまうと計画は台無しである。

「なにって？　リアルレイプ動画〜。ネットで流したら高く売れるっしょ」

黄ばんだ歯を露にしながらも亜衣はゲラゲラと笑っていた。

この時点で奈緒は親友の裏切りに気づくことになった。

「……どういうこと？　こんなことをしても困るのは亜衣でしょ？」

奈緒には裏切られる理由がわからなかった。

不意打ちの失敗は、イコール亜衣の死を意味する。

少なくとも奈緒は、この時はそう考えていた。

「わからないかな〜。アンタって昔から変なところで純粋だったもんねぇ。本当のドナーは雅也じゃない。奈緒……アンタだったのよ」

そこまで聞いたところで奈緒は今回の出来事の真相に気づく。

メールの文章の偽装《ぎそう》。

考えてみるとそれは極々《ごくごく》簡単なトリックであった。

奈緒が確認したのはメールの文章だけで、差出人まで逐一《ちくいち》チェックしたわけではなかった。

「ウチはカネをもらって生き残る。雅也は死ぬ前の奈緒とエッチできる。まさにWIN《ウイン》-WIN《ウイン》の関係じゃん」

奈緒の眼からは自然と涙があふれ出ていた。

「アタシたち……友達じゃ……」

「は？　勘違いすんなし。お前を友達だと思ったことは一度もねぇよ」

亜衣は初めて出会った時から奈緒に対して嫌悪感を抱いていた。

にもかかわらず友人のように接したのは、奈緒の近くに集まってくる人とカネが目当てだったのだ。

雅也は抵抗する奈緒の体を取り押さえると、強引に胸を揉《も》みしだく。

(――ああ。そうか。アタシはここで死ぬんだ)


その時、奈緒は静かに自らの運命を悟った。

軽薄《けいはく》な男に犯された挙句《あげく》に、体をバラバラにされて、親友だと思っていた女に臓器を食われる。

そんな最悪な未来がすぐそこに迫っている。


(アタシ……罰《ばち》が当たったのかな……)


両親が離婚をしたのは奈緒が物心つく前の話。

父親譲《ゆず》りの経済力と母親譲りのルックスを兼《か》ね備えた奈緒は、常《つね》にクラスの中心にいた。

今考えてみると、他人から嫌われる理由もわかる。

極限状態に置かれて、クラスのカーストが崩壊《ほうかい》した今となっては単なる『嫌われ者の女』でしかなかったのである。

奈緒がそんなことを考えていた直後であった。

突如として何者かが亜衣の体を背後から蹴《け》り飛ばす。

手にしていたビデオカメラが地面に落ちて、ベキリと鈍《にぶ》い音を上げる。

「ッテェな！　何すんだよ!?」

振り返った先には見覚えのある男子生徒が二人。柿本勝《かきもとまさる》と林順平《はやしじゅんぺい》である。

「もがぁっ……もがぁっ……」

勝と順平は素早く亜衣の口を塞《ふさ》ぐと乱暴に衣服を剥《は》ぎ取っていく。

サロンで焼いた亜衣の褐色《かっしょく》の肌が露になる。

「雅也……？　これどういう……？」

亜衣が尋《たず》ねると、雅也は下卑た笑みを零《こぼ》す。

「ハハッ。恨《うら》むなら、テメェの醜《みにく》い潰《つぶ》れた鼻を恨むんだな。性格最悪の黒豚《くろぶた》とかわい子ちゃん。肉便器として使うならキレーな方を残すっしょ」

つまるところ信じていた相手に裏切られたという意味では、奈緒と亜衣は同じだったのである。

亜衣から作戦を聞かされた雅也は、最初から裏切るつもりで行動していたのだった。

「雅也ァ、早く替われよ。オレらも早く奈緒とやりてぇわぁ」

「それな。いくらタダマンと言ってもデブスは嫌だわぁ」

雅也と行動を共にする順平と勝は、健吾《けんご》たち不良グループとは違った意味で、悪名高い存在であった。

言葉巧《たく》みに女子を誘い出して、強姦紛《ごうかんまが》いの行為を繰り返している。

三人の男たちに泣かされた女子は枚挙《まいきょ》に暇《いとま》がない。

「うっせぇーな。わかってるよ」

せかされた雅也が奈緒の下着を剥ぎ取ろうとした瞬間だった。

「うぎゃぁぁあああ！　放せ！　放せえええええええええええええええええええええええ！」

必死の形相《ぎょうそう》で亜衣は、男たちの拘束《こうそく》を振りほどこうとする。

「うわっ。汚《きた》ねぇっ」

「ちょっ。こいつ、マジ引くわ。ありえないんですけどー！」

鼻水を垂《た》らしながら抵抗する亜衣に勝と順平は手を焼いていた。

「テメェら！　早く取り押さえろよ！　萎《な》えるだろうが！」

騒ぎを聞きつけて誰かがやってきたら面倒《めんどう》なことになる。

そう考えた雅也は奈緒の体から視線を逸《そ》らして、周囲の様子を窺《うかが》っていた。

（……今だ！）

このチャンスを逃したら次はない。

そう本能で察した奈緒は馬乗りになっている雅也の体を不意に突き飛ばす。

「うおっ!?　テメェッ！」

ズボンを中途半端に脱いでいたことが仇《あだ》となった。

バランスを崩した雅也は、上体を起こすのに手間《てま》取《ど》ることになった。


「はぁ……はぁ……」


何かを考える余裕はなかった。

自分でもどこに向かっているかすらわからない。

恐怖で錯乱《さくらん》状態になった奈緒は、無我夢中で駆け出すのであった。

＊

一方その頃——。

教室を抜け出した翔太は校舎の階段を上っていた。

翔太はその時、授業を抜け出して屋上で居眠りをしていた遊岳《ゆうがく》の姿を思い出していた。

遊岳は屋上に置かれている貯水タンクの上を『穴場』と称して頻繁《ひんぱん》に通っていた。

この機材の上は桜坂《さくらざか》高校の中でも最も高い位置にあり、街の景色を一望できる見晴らしの良い場所であった。

特に行く当てのない翔太は、ひとまず屋上に行って遊岳の真似《まね》をしてみようと考えたのだった。

梯子《はしご》を使って貯水タンクの上に登ると、そこにいたのは意外な人物であった。

「奈緒……？」

その少女、飯島奈緒は、ビリビリに破れたブラウスを一枚だけ着た状態で小刻《こきざ》みに震えていた。

「――嫌」

翔太が近づこうとすると、奈緒は拒絶の言葉を口にする。

先程の出来事がトラウマになった奈緒は、他人が傍にいるだけで恐怖心を煽《あお》られるようになっていた。

「来ないでっ！」

奈緒はタンクの上に腰を下ろしたまま後ずさりする。

「大丈夫。落ち着いて。怖くないから」

奈緒から話を聞き出すためには彼女の中の警戒心を解いてやる必要があった。

翔太は制服の上着を脱ぐと奈緒に着せる。


(……同じだ。あの時と)

瞬間、奈緒の脳裏《のうり》を過《よぎ》ったのは、遊岳と初めて出会った日のことであった。

*

その日。

授業の退屈さに耐えかねた奈緒は、ふらりと立ち寄った屋上で、居眠りをしていた遊岳と出会った。

最初はいけすかない男だと思っていた。

けれども、遊岳の人柄《ひとがら》に触れていくうちに、いつしか奈緒は惹《ひ》かれていくようになっていた。

（そっか。こいつは……遊岳が信頼した男なんだ……）

屋上の景色を見ると今でも昨日のことのように思い出す。

大好きだった赤茶色の髪の毛と強い意志の込められた眼差し。

不意に奈緒の眼からポロポロと涙が流れていた。

「うおっ。泣いているのか……？」

「うっさい！　こっち見るなしっ！」

翔太の姿が好きだった人と重なって見えたから――。

奈緒はこれまでの経緯《いきさつ》について詳《くわ》しく話すことにした。

*

「そんなことがあったのか……」

翔太を信頼することに決めた奈緒は様々なことを語った。

親友だと思っていた亜衣の裏切り。

ゲームを利用して欲望を満たす雅也たちグループの暴走。

そして何より時間を割《さ》いたのは、今は亡き遊岳に対する想いであった。

翔太はその一つ一つを自分の身に起こったことのように聞いていた。

「……アタシ、怖いんだ。このゲームが怖い。何を考えているかわからない他人が怖い。死にたくない」

意外だった。

翔太の中での奈緒のイメージは、クラスの女子たちの頂点に立っている『強い女性』だった。

少なくとも他者に対して弱いところを曝《さら》け出すようなことは絶対なさそうだったのである。

「──大丈夫。あと少しで1時になるから。そうなったら奈緒は生き残れる」

翔太は推測《すいそく》する。

暴行を受けた亜衣が立ち上がって、奈緒のワクチンを狙《ねら》いに来る可能性は極《きわ》めて低いだろう。

となると問題は、今後も口封じのために奈緒の命を付け狙う可能性がある雅也たちのグループであった。

「誰か――！　誰かいねぇか――!?」

そんなことを考えていた時である。

突如として聞き覚えのある男の叫び声。

声のした方に目をやると、そこにいたのは額《ひたい》に青筋《あおすじ》を立てた雅也であった。

「――まずい。伏せてくれっ！」

翔太は周囲に聞こえないような小さな声を発すると、奈緒の肩を摑《つか》んで身を屈めさせる。

雅也の狙いは奈緒だろう。

このままやり過ごせるようにと祈りながらも翔太は雅也の様子を窺っていた。

「……いないか。こっちはどうだ？」

そこで雅也は金網《かなあみ》を越えた場所にある貯水タンクの存在に気づく。

翔太の判断は素早かった。

このままでは居場所を突き止められると踏んだ翔太は貯水タンクの上から飛び降りる。

「雅也。どうかしたか？」

「……翔太か。実を言うと、色々あって奈緒のことを捜しているんだ。どこかで見なかったか？」

「もしかしてそれはゲームに関係することなのか？」

「うるせぇっ！　お前には関係ないことだろうがっ！」

雅也は突き放すように声を張り上げる。

その形相からは、想像以上に雅也が追い詰められていることがわかった。

「奈緒ならさっきまでこの屋上にいたぞ」

「――本当か!?　それで、今はどこにいるんだ!?」

「さぁ。そこまでは知らないな。三階のトイレにでも行ったんじゃね」

「……そうか。邪魔したな」

翔太のウソを信じた雅也は急いで踵《きびす》を返そうとする。

もともと翔太と奈緒の関係はクラスの中でも希《き》薄《はく》なものだった。

だからこの時雅也は、翔太が奈緒のことを庇《かば》ってウソを吐いている可能性までは考慮していなかった。

「あれ？　ところでお前、制服の上着はどうしたんだ？」

振り返った雅也は、ポツリと疑問を口にした。

翔太は思わず引き攣《つ》った表情を浮かべてしまう。

ビリビリに破けたブラウス一枚では視線のやり場に困るので、制服の上着は奈緒に貸している最中であった。

けれども、正直にそれを伝えるわけにもいかない。

「ああ。ジュースを零しちまったから乾かしている最中なんだ。寒いったらありゃしねぇぜ」

咄嗟《とっさ》に誤魔化《ごまか》した翔太であったが、雅也は不審《ふしん》を抱いた。

「悪いな。お前を疑うわけではないが……少し梯子の上を調べさせてもらう」

そのまま雅也は翔太の横を通り抜けていく。

殺せ。

殺せ。殺せ。殺せ。

心の中で悪魔が囁《ささや》く。

ズボンの中に入っていたナイフがズッシリと重みを増したような気がした。

なぜかはわからないが、ゲームに関連して起きた事件については警察が動くことはない。

背後から雅也の体を刺せば全《すべ》てが丸く収まる可能性は高かった。


（やるしかないのか……）


翔太はズボンの中からサバイバルナイフを取り出した。

鞘《さや》から抜くとガラスのように綺麗な刃が、追い詰められた翔太の顔を映していた。


（――覚悟を決めるんだ。綺麗事では誰も守れない）


時間がなかった。

雅也は既に貯水タンクに備え付けられた梯子を見つけて上り始めている。

＊

「悪い。翔太。オレ、バスケやめるわ」

それは中学二年生の夏の大会を前にした日のことだった。

翔太が近所のコートで練習していると、一緒にいた雅也が、唐突《とうとつ》に思わぬ言葉を口にした。

「はぁ!?　どうしたんだよ急に」

最初は何かの聞き間違いかと思った。

翔太の眼から見て当時の雅也は、誰よりも真面目に練習に取り組んでいる男であった。

だから翔太は雅也が口にした一言をどうしても信じられなかったのである。

「最近さ。バスケがつまらないんだよ。どんなに練習してもアイツの前では無意味なんじゃないかって。そう思えて仕方ないんだ」

「……もしかして遊岳のことか？」

雅也は無言のまま首を縦《たて》に振る。

遊岳がバスケットボール部に入ったのは、中学二年生の春のことだった。

最初に誘ったのは翔太である。

通っていた学習塾が移転となり、遊岳は放課後に何か時間を潰せるものを探していた。

「オレはよ。小四の時から、バスケ一筋《ひとすじ》でやってきたんだわ。練習量だって、部にいる他の誰にだって負けているつもりはねぇのよ。それなのに実力の差は開く一方だ……」


雅也の気持ちは痛いほどわかった。

ここ最近の遊岳の成長には目を見張るものがある。

このままでは自分もいつか追い抜かれる日が来るのではないか？

一年生ながらレギュラーを務め、県の最優秀選手に選ばれた翔太ですら、そんな不安に駆られることがあった。

「オレは悔しい。悔しいのよ！　アイツの背中を見ていると、オレのこの五年間の努力はなんだろうって……」


それから。

雅也が部活に顔を見せることはなくなった。

女遊びにハマった雅也から悪い噂《うわさ》が立ち始めたのは暫《しばら》く後のことである。

才能というのは残酷《ざんこく》だ。

今の翔太は誰よりもそれを知っている。

だから翔太は、どんなに性格が変わってしまっても、雅也のことが心の底から嫌いにはなれなかった。

*

動けよ！

動け！　動け！　動け！

何度も言い聞かせるが、体は微動だにしない。

翔太は自分の不甲斐《ふがい》なさに泣きそうになった。

かつての雅也が見せた悔し涙が頭に浮かんで、足が竦《すく》んでしまったのである。

「見〜つ〜け〜たぞ！　ナオォォォオオオオ！」

雅也はアシンメトリーにカットした前髪を掻《か》き分けながら高笑いを始める。

その瞬間、翔太の中で決意が固まった。

「奈緒！」

バスケットボールで培《つちか》ってきた跳躍力《ちようやくりよく》には自信があった。

翔太は貯水タンクのでっぱりを見つけると、そこを足場に大きくジャンプしてタンクの上に飛び移る。

「あ……れ……!?」

翔太は思わず目を疑った。

何故ならば——。

そこにあったのは首から上が弾《はじ》け飛んで、脳髄《のうずい》を四散《しさん》させている雅也の死体だったからだ。

体育座りをしている奈緒は視線を伏せた状態で震えていた。

（——どうして!?　何が起こったんだ!?）

疑問に思って携帯の画面に目を移す。

件名　ゲーム7　結果発表
死者数　4／30
死者名　柿本勝　桜庭雅也　林順平　新島亜衣

時刻は13時00分。
そこには思いがけない死者の名前が表示されていた。
翔太は困惑《こんわく》していた。
奈緒の話によると今回の感染者は亜衣であって、他三人は無関係のはずである。
それが一体何故？
どうして健常者である男たちが死に至ったか。

（まさか、性行為によって感染が拡大したのか……？）

思い当たるフシは一つしかなかった。
亜衣を輪姦《りんかん》したことが原因で雅也たちが感染者となったのならば、今回の死にも納得できるものがあった。

「戻ろう。奈緒」

とにかく今は他の三名の死体の様子を確認したい。

そう判断した翔太は、先に梯子の前に移動して声をかける。

「……お願い。アタシを一人にしないで」

奈緒は弱々しく翔太を呼び止める。

立て続けに起こった友人の裏切りと死によって奈緒の精神は摩耗《まもう》していた。

中でも無二の親友である留美、亜衣を失ったショックは計《はか》り知れないものがあった。

「ねぇ。翔太。頼みがあるんだけど……」

今にも消え入りそうなか細い声で奈緒は言う。

「今夜、アタシと一緒に寝てくれない？」

＊

ゲームが終了した以上は学校に留まっている理由がなかった。

奈緒から「一緒に寝てほしい」と懇願《こんがん》された翔太は、帰りの駅とは逆方向にある、とある場所に向かっていた。

「……翔太。どこに行くの？」

一方の奈緒は翔太の服の袖《そで》を摑んでピタリと後ろに張り付いていた。

「う～ん。なんて説明すればいいんだろうな。強《し》いて言うなら、俺と遊岳の想い出の場所だよ」

翔太は意味深な言葉を残すと、人通りのない寂《さび》れた道に入っていく。

「何……？　ここ……？」

異変を察した奈緒はポツリと呟く。

翔太が入った通りには人気《ひとけ》がなく、まるで別の世界に足を踏み入れたかのようであった。

工場から漂う錆《さ》びた鉄の匂《にお》い。

この匂いを嗅《か》ぐたびに翔太は幼少の頃を思い起こす。

「奈緒はさ、竜門《りゅうもん》食品っていう会社を知っている？」

「知ってる。たしか随分と前に倒産した会社だっけ」

竜門食品とは五年前に倒産した大企業である。

翔太たちの住んでいる街は、かつて、竜門食品と共に繁栄《はんえい》していった地域だった。

「俺と遊岳はさ。親が工場で働いていたから竜門が借り上げた団地に住んでいたんだ。この近辺は竜門の関連施設が密集しているんだけど、取り壊されずに残っている建物も多いんだよ」

もともと友人の多くが、団地に住んでいた人間だった。

会社が倒産してからというもの翔太は、多くの友人たちと離れ離れになった。

遊岳が死んだ今となっては当時の友人たちは翔太の傍にはいない。

だから翔太にとっては、この場所を訪れることは少しだけ心が痛むことでもあった。

「——着いた。ここが八年前に俺たちが使っていた基地だ」

暫く歩いた末に翔太が指差す方向にあったのは、古びたログハウスであった。

この建物はかつて団地に住んでいた大人が子供たちのために建てたものだった。

周囲が木々で囲まれているこの建物は、身を隠すには絶好の場所であった。

「……ここにいれば誰にも見つからずに夜を過ごせると思うんだ」

「ちょっと待って。こんなところに泊まれっていうの!?」

「いや。案外これが悪くないんだよ。昔は遊岳と一緒に寝泊まりしたこともあったしな」

近くの公園に行けばトイレを使えるし、少し歩いたところには銭湯《せんとう》もある。

夏は暑く、冬は寒いのが難点であるが、今の季節ならば大きな問題はなかった。

「いいよ。嫌なら俺一人で泊まるから。今ならこっちの方が安全だと思うし」

遅かれ早かれ翔太はいずれ寝所《しんじょ》をここに移すつもりでいた。

ゲームの性質上、簡単に居場所を突き止められる実家で寝泊まりするのは問題があった。

自分の命だけならいざ知らず、家族まで事件に巻き込んでしまう可能性がある。

多少の不便と狭さを我慢《がまん》する代わりに、生存確率を上げることができるのであれば安いものだと翔太は考えていた。

「わ、わかったわよ。アタシも泊まるわ。その代わり――何かあったらしっかり守ってよね」

腹を括《くく》った奈緒は嫌々ながらも承諾《しょうだく》する。

家族や友人への依存心《いぞんしん》が強かった奈緒にとって、今唯一信頼できる翔太と離れて暮らすことは最も避けたいことだった。


「待って!? 誰かいる!」

翔太は、思いがけずそこにいるはずのない人物を見つけることになった。

「……綾斗《あやと》?」


そこにいた男の名前は神木《かみき》綾斗。

神木病院の跡取りにして、ゲーム参加者の一人でもあった。

綾斗は翔太の姿を見るなり、クルリと踵を返して立ち去ろうとする。

「待てよ! どうして綾斗がここにいるんだよ!?」

思わず綾斗の腕を摑んでしまった翔太は考えた。

果たしてこれを偶然と呼んでいいものなのだろうか？

翔太たちのいる団地跡は、ほとんど廃墟《はいきょ》となっており、普通に生活している分にはまず通ることのない区域であった。

わざわざ雑木林《ぞうきばやし》の中に足を踏み入れるということは、何か目的があってここを訪れたのだろう。


「……そうか。やはり覚えていないのだな」

「な、何を言って……」


唐突に不可解なことを言われて、翔太は混乱していた。

「――その手を放せ。お前には関係のないことだ」


力ずくで腕を振り払われる。

普段は怖いほど冷静な綾斗が、初めて明確に怒りを露にした瞬間であった。

（なんだっていうんだよ……。アイツ……）

この一件を通じて、翔太の中で綾斗の謎はますます深まっていくのであった。

＊

秘密基地の中を当面の仮住まいに決めた二人は、互いの家を訪れて必要な物資を運び込むことにした。

一つ難点を上げるならば、長らく使われていなかったログハウスの中は埃《ほこり》にまみれていることだった。

翔太と奈緒はそれぞれ持ち込んだ道具を使って、部屋の掃除を開始する。

（あれっ。これは……？）

そこで翔太は色褪《いろあ》せた写真の数々を目にすることになる。

中に写っていたのは、小学校低学年の時の翔太と友人たちの姿であった。

「何見ているの？」

「ああ。俺たちの小学生の頃の写真が出てきたんだ」

「どれどれ。アタシにも見せてよ。うわっ。これが翔太でしょ。なんか悪ガキって感じがするね」

「……うるさいな。放っといてくれよ」

当時の翔太はヤンチャで、年中、体に絆創膏《ばんそうこう》を貼《は》っているような少年であった。

「ウソッ？　もしかして……こっちが遊岳？　なんか凄《すご》く雰囲気が違ってるね」

小学生の頃の遊岳は特にこれといって打ち込んでいるスポーツもなく、毎週のように学習塾に通っている子供であった。高校生の頃より雰囲気が落ち着いており、翔太のサポート役に回ることが多かったのだ。

（あれ……ここにいたのは誰だったっけ？）

そこで翔太は写真の中に奇妙な点を発見する。

写真の中の八人の子供の中で、名前を思い浮かべることのできない人物がいた。

その赤い服を着た少女は、写っている子供たちの中でも一際《ひときわ》体が小さかった。

「何を見ているの？」

「ああ。なんか写真の中に一人だけ名前を思い出せない女の子がいて」

「えっ。女の子？　そんなのどこにも見えないけど……」

奈緒に指摘《してき》されて改めて写真を見ると、先程まで『赤い服の少女』がいたはずの場所は不自然に焼け焦《こ》げていた。

（……おかしいな。俺の見間違いだったのか？）

一日の内に様々なことが起きて体に疲労が溜《た》まっていたのだろう。

翔太はひとまずそう結論づけると、掃除を再開することにした。

＊

「んんっ……。あれ……。寝ちゃってたのか……？」

一体どれくらいの間、眠っていたのだろう。

翔太の意識が戻った時には、すっかり日は落ちて、夜の虫たちが鳴き声を上げていた。

「うわ……」


目の前にいる人物を見た途端《とたん》、翔太の眠気は完全に吹き飛んだ。

吐息《といき》が触れるほど顔が近い。

奈緒は翔太と向き合った状態で眠っていた。

間近《まぢか》に見て改めて思う。

少し目つきがキツイところは好みが分かれる部分であるが、奈緒の顔立ちは驚くほど整っている。

体のバランスも均整《きんせい》がとれていて文句のつけどころがない。

翔太の心臓はバクバクと高鳴っていた。


(奈緒の髪……本当にキレーだよな)


極限状態に身を置くことになって、何か頼れるものを欲しているのだろう。

よくよく考えてみると、今日の奈緒は何かと無防備なところが多かった。

翔太の服を摑んで離れようとしないし、人肌を求めているような様子が散見された。

これまで翔太はなるべく奈緒のことを異性として意識しないように振る舞ってきた。
けれども、不意を衝《つ》かれて接近を許してしまったがために、理性と本能のバランスが崩れていた。

（……いかん。このままではマジで理性がもたない）

翔太は寸前のところで冷静さを取り戻すと、ゴロンと寝返りをして視線を逸らす。
その時だった。
奈緒は翔太の後ろから腕を回して抱きついた。

「それで終わりなの？」

この言葉の意味を理解できないほど翔太は鈍感《どんかん》ではなかった。
背中に感じる柔らかな女体《にょたい》の感触が、面白《おもしろ》いように翔太の理性を溶かしていく。

「やっ。その、まずいって」
「……何がまずいの？」

その時、翔太の脳裏を過ったのは、見ているだけで吸い込まれそうになる由紀の無垢な眼差しである。

「他の女子のこと考えているでしょ」

図星を指された翔太は、何も言い返せずにいた。

「……アタシが忘れさせてあげる」

奈緒は宣言すると、翔太の掌《てのひら》を自らの胸の上に置いた。

ドキドキ。

ドキドキ。ドキドキ。

自分の心臓の音が伝わってくる。

掌を通じて奈緒の心臓の音も伝わってくる。

初めて触れる同級生の胸の感触が翔太の理性を失わせる。

「本当にいいんだな?」

「言わせないで。アタシだって恥《は》ずいんだから」

瞬間、翔太は頭の中で何かが途切れるような音を聞いたような気がした。本能の赴《おもむ》くままに唇《くちびる》を奪うと、スカートの中の内腿《うちもも》に指を這《は》わせる。

「……お願い。ずっとアタシの傍にいて。どこにも行かないで」


その言葉は、奈緒の心からの叫びであった。

クラスの女王という立場は仮の姿。

本当の彼女は誰よりも依存心が強く、甘えたがりの少女であった。

二人の友人を同時に失った奈緒にとって、翔太の存在は唯一の心の支えである。

次に心の拠《よ》り所《どころ》を失ってしまうと、正気を保っていられる自信はなかった。


「――わかった。約束するよ」


若さに任せた行為ではなかったかと問われると否定はできない。

告白の返事を先延《さきの》ばしにしている由紀に対する罪悪感もあった。

ただ、翔太は純粋に目の前にいる、今にも消え入りそうなか弱い少女を守ってやりたいと思った。

その気持ちだけはウソがないと断言できた。

*

極限状態に置かれて、縋《すが》れるものが欲しかったのは翔太も同じであった。

重なり合った二つの火は、やがて激しさを増して、燃え広がる。

快楽に溺《おぼ》れた二人を止める者は誰もいなかった。

翔太は悪夢から逃れたい一心で奈緒の体を求め続けた。


「……何か不思議な気分」

ひとしきり行為が終わった二人は、手を繋いだまま床の上で横になる。

「まさかアタシが翔太とこういう関係になるなんてね。ゲームが始まる前は思ってもみなかったよ」

翔太も同じ気持ちだった。

ゲームが始まる前は互いに好きな人が別にいたのである。

行為に及んだ今となっても翔太は、現在の状態に対し現実感を持てないでいた。

「なぁ。奈緒。今から喋《しゃべ》ることを黙って聞いててくれないかな？　死んじまった遊岳の替わりに聞いてほしいんだ」

「――わかった。約束する」

そこで翔太は決壊したダムのように自らの想いの丈《たけ》を語り始める。

「奈緒は知ってるっけ。俺の足のケガのこと」

「うん。たしか中学の練習試合の時に足首を壊しちゃったんだよね」

翔太のケガは1―Aの中では有名な話であった。

生まれつき運動神経の良かった翔太は、体育会系の部活動から勧誘を受けることが多い。

翔太は足のケガを理由にそれらを断っていたのだった。

「――実を言うと、足のケガはほとんど完治しているんだ。医者からはもうバスケを再開しても問題ないと言われている」

「えっ……？」

翔太の言葉は奈緒にとって意外なものであった。

中学生の頃の翔太は二年連続で県の最優秀選手に選ばれるなど輝かしい成績を残していた。

その活躍は目覚ましく、別の中学に通っていた奈緒の耳にも噂が入ってくるほどであった。

「ならどうして高校ではバスケをやらないの？」

奈緒の質問は、単純であるが故《ゆえ》に翔太の心を深く抉《えぐ》るものであった。

その理由は翔太が長きにわたり、心の扉の奥深くに隠しておいたものだった。

「たぶん俺は怖かったんだと思う。バスケで遊岳に抜かされることが——。たまらなく怖かったんだ」

中学二年生の時にバスケットボールを始めた遊岳は、その圧倒的な才能で、目覚ましい成長スピードを見せていた。

強すぎる光は時として大きな影を生み出す。

遊岳の才能は一部の部員に、暗い感情を植え付けていた。

「笑っちまうだろ？　足のケガをした時は正直ホッとしたんだ。これで俺は悲劇のヒーローを気取ることができるって」

中学三年生に進級した時には、二人の実力は互角《ごかく》か、僅かに遊岳が上回る程度になっていた。

——あのまま続けていたとしても遊岳より活躍することはできなかっただろう。

翔太は誰よりも確信を持ってそう断言することができた。

「だから俺は……みんなが思っているような正義感の強い人間じゃないんだよ」

最初に打ち明けたかった幼馴染《おさなじ》みはもういない。

だからこそ翔太は、ここで、死んでしまった遊岳の替わりに奈緒に話すことで過去の清算をしたいと考えたのである。

「なにそれ。カッコわる」

翔太の話を聞いた奈緒は端的《たんてき》な言葉を口にした。

「だろ？　失望したか？」

「ううん。全然」


奈緒にとって翔太の過去はどこか共感を覚える部分があった。

寄りかかれる存在がいないと何もできない自分。

権力を盾《たて》にクラスの中で幅《はば》を利《き》かせていた自分。

ゲームを通じて奈緒は、自分が酷《ひど》く脆《もろ》い存在であることに気づくことができた。


「――いいのよ。弱いのはアタシも同じだから」

「奈緒……」

「人は誰も完璧《かんぺき》じゃない。ユーガクだって、たぶんそれは同じだったはず。弱いものは……弱いもの同士で寄り添って生きていけばいいのだと思う」


そこまで聞いたところで翔太の心は決まっていた。

（――俺は奈緒のことが好きだ）

胸の奥底からポカポカと温かい感情が沸き上がっていく。

その時、翔太は奈緒に対する愛情を確かなものにしていた。

「安心して。貴方《あなた》の弱い部分はアタシが支えてあげるわ。その代わりアタシの弱い部分は貴方が支えてほしい」

「……ああ。そうだな。そうだよな」

気がつくと、目から涙が溢《あふ》れそうになっていた。

嬉《うれ》しかった。

その時、翔太は罪から解放されて、夜が明けたかのように晴れやかな気持ちになっていた。

「なぁ。奈緒。大切な話があるんだけど」

順序が逆であることは否《いな》めない。

けれども、翔太は喉《のど》の奥からせり上がるその言葉を抑えることができないでいた。

「ん。なぁに」

「俺と――」

翔太が『付き合ってください』、と続けようとした矢先であった。

コンコンコンッ。

ログハウスの中にノックの音が響き渡る。

ノックの音を聞いた翔太は、急いで身だしなみを整えてから扉を開ける。

「――翔太くん。こんばんは」

舞い込んだ一陣《いちじん》の風が彼女の髪を靡《なび》かせる。

そこにいたのは、大きな手提《てさ》げ袋を携《たずさ》えた由紀であった。

「由紀？　どうしてここに？」

「えとね。翔太くん。今日からここで寝泊まりするんでしょ？　ウチの店で出た残り物を使ってお弁当を作ってみたの。だから、もしよければどうかな、って」

これまで翔太は、由紀と毎朝通学を共にしていた。

けれども、ここで寝泊まりするようになると、今までのように二人で通学というわけにはいかなくなる。

だから翔太はその旨を由紀に対してメールで報告していたのだった。

「ああ。サンキューな。ちょうどスゲー腹減っていたところだったんだ」

遅まきながらも翔太は、そこで自らの空腹に気づく。

奈緒の体を求めることに必死だった翔太は、それ以外のことにまで気が回っていなかったのである。

「えへへ。翔太くんってたしか焼きそばが好きだったよね。ご飯に焼きそばって少し変かな、っていう気もしたんだけど、思い切って一緒に入れてみました」

上機嫌な笑顔を浮かべた由紀はバッグの中から半透明の容器を取り出した。

一人で食べるのには過剰《かじょう》なサイズの容器には、白米、焼きそばなどの炭水化物の他に様々なおかずが敷き詰められていた。

「あれ？　俺が焼きそば好きだっていうこと言っていたっけ？」

「ううん。けど、いつも見ていたから。翔太くんがよく購買で焼きそばパンを買っているところ……」

由紀にとって好きな人のために料理を作るのは、ただただ、幸せなことであった。

店で出た残り物を使ったというのはウソである。

どんな料理が好きなのだろうか？　もう少し可愛い容器に入れた方が女の子らしいと思われるだろうか？

けれども、叶《かな》うことならば同じ屋根の下で一緒に夕食を取ってみたい。

ここは大胆《だいたん》に一人では食べきれない量の食事を入れてみてはどうだろうか。

由紀の作った弁当の中にはそんな想いが詰められていた。


「すごーい。美味《おい》しそうだね」


だから『いるはずのない』彼女の姿を目《ま》の当たりにした時、由紀は思わず手にした弁当箱を落としそうになった。

一体何故？

どうして彼女が先にこの家に？

疑惑《ぎわく》に駆られた由紀の瞳は次第に濁《にご》ったものになっていった。

＊

それから。

翔太と奈緒は由紀が持ってきた弁当に舌鼓《したづつみ》を打つ。

「美味しい！　本当にこれ、由紀が全部作ったの!?」

「……うん。そうだよ。昔から私には料理くらいしか取《と》り柄《え》がなかったから」

「ハハッ。そんな男受けする可愛い顔して言うことじゃないっしょ」

幼い頃から家族が経営する飲食店で働いていた由紀の料理は絶品であった。

激しく体を動かした後だったこともあり、二人の箸《はし》が止まることはなかった。

「翔太。顔にご飯粒ついているよ」

「え？　どこだろう」

「違う！　そこじゃない！　ここ！　アタシが取るからジッとしてて」

奈緒は翔太の顔についていた米粒を取ると、何事もなかったかのように自らの口に放り込んだ。

パシャーン。

突如として部屋の中に液体が零れる音が響く。

「ご、ごめんなさい！」

ウーロン茶の入ったコップを床に落とした由紀は、慌《あわ》てて、ポケットから出したハンカチで拭こうとする。

これ以上は何も見たくなかった。

今日一日で翔太と奈緒の仲に何かしらの進展があったことは傍《はた》から見ても明白だった。

「待って！　ゾウキンを持って来たんだ」

手入れの行き届いた綺麗なハンカチを汚させるのは忍びない。

そう考えた翔太は、鞄《かばん》の中から布きれを取り出した。

「ねぇ。翔太くん。お願いがあるんだけど。私もね。今日からこの部屋に泊まりたいの。ダメ……かな……？」

翔太の顔色を窺うように由紀は尋ねる。

「でも由紀は店の手伝いとかあるんじゃないのか？」

「うん。でも、そこは説得次第だと思う。ここで寝泊まりするからといって店の仕事ができないわけじゃないし」

もともと今回の引っ越しは、感染者からの襲撃《しゅうげき》リスクを抑えるために実施したものである。安全性を考慮するなら二人よりも三人の方が心強い面があった。

けれども、ここで由紀と一緒に生活をするわけにはいかない。

奈緒と関係を持った今となっては、他の女性とは一定の距離を置くべきだと考えていた。


「悪いけど――」

「待って！」


翔太が断りを入れようとした矢先であった。

奈緒は寸前のところで翔太の言葉を遮った。


「……アタシに気を遣《つか》って断るつもりなら大丈夫だから」

「いいのか？」

「二人よりも三人。仲間は多い方が生き残る確率は上がるでしょ。アタシとしても傍に女の子がいれば心強いし」

奈緒の言葉を受けた翔太は考えを改める。

「わかった。そういうことなら歓迎するよ」

「——ありがとう。私、翔太くんの力になれるように頑張るよ。頑張るから」

窓の方に視線を移すと、蜘蛛《くも》の巣にかかった蝶《ちょう》が生きながらにして、その身を捕食されていた。

翔太の瞳にはその時、由紀の無垢な眼差しが少しだけ不気味なものとして映っていた。

桜坂高校１―A　クラス名簿

桜坂高校１―Ａ　クラス名簿

残り

男子 11　女子 15

ゲーム8　胃袋

TO　天野翔太《あまのしょうた》
件名　第8回　友食いゲーム
状態　　　健常者
ワクチン　　胃袋

「由紀《ゆき》。奈緒《なお》。状態の方はどうだった？」

翌日の朝。

メールの確認を済ませた翔太は、まず最初に仲間たちの状況を確認することにした。

「大丈夫。私は健常者だったよ」

「……アタシも健常者だった」

カーテンで仕切られた女子部屋から二人の声が上がった。

女子たちの状態が判明したところで翔太の目的は固まっていた。

一つは、感染者から二人を守ること。

二つは、今日こそゲームから抜け出すためのヒントを見つけ出すことである。


「ちょっといいかな。今日は二人にお願いしたいことがあるんだけど」


翔太は、昨夜から考えていた自身のアイデアを聞かせてみることにした。

翔太はこれまでゲームについての情報を入手するため、考え得る限りの様々な手段を講じてきた。

しかし、どこに足を運んでも、誰に聞いても、一向に成果が上がる気配がない。

そこで翔太は、最終手段として、自分と同じようにゲームについて調べている人間がいるのではないかと考え、その人物を捜して協力を仰ぐことを思いついたのである。


「あっ！　それなら適任な人がいるかも！」

翔太の言葉を聞いた由紀は小さく手を上げる。

「ウチのクラスの千尋《ちひろ》さんなんだけどね。昔から凄《すご》く、こういうオカルトな話題が好きだったみたい。だから今頃は、一生懸命ゲームについて調べているんじゃないかなぁ」

「えっ。そうだったの!?　とてもそんな感じには見えなかったけど」

翔太の眼《め》から見た南雲《なぐも》千尋という少女は、所謂《いわゆる》、オタク趣味を持っている人間には思えなかった。

実家が代々続く資産家である千尋は、物静かで、育ちの良さが前面に滲《にじ》み出ていた。

「へー。千尋がね。文化部の繋《つな》がりってやつ?」

「あはは。そんな感じかな」

とにかく今はゲームに関する情報が手に入るのであれば何でも良かった。

有力な手がかりを入手した翔太たちは、さっそく学校に行くために荷物をまとめることにした。

＊

8回目のゲームを迎えた1—A教室は、今まで以上に不穏《ふおん》な空気に包まれていた。

それというのも7回目のゲームの死者が、予想以上に多かったからである。

どうして一度のゲームで四人の死者が出ることになったのか？　その理由について明確に答えを出せる人間はいなかった。

（う～ん。やっぱり教室にはいなかったか）

翔太、奈緒、由紀の三人は千尋の居場所を探して、手分けして校舎の中を歩き回っていた。

これまではゲームの最中、教室の中に居座る人間が多かったが、徐々《じょじょ》に単独行動に走る生徒が増えてきた。

千尋もそんな人間の一人で、広い校舎の中で居場所を突き止めるのは骨が折れそうであった。

だが。

（あれ。あそこにいるのは……）

翔太が二年生の教室のある三階に上った直後だった。

廊下の先に、腰までかかるくらいに髪の毛が伸びた女生徒を発見する。

その特徴的な後ろ姿から、すぐに目的の人物であることがわかった。

「南雲さん。ちょっといいかな」

翔太に声をかけられた千尋は、ビクンと肩を震わせる。

異性と話した経験が乏《とぼ》しいのか、振り返った千尋の表情はわかりやすく動揺していた。

「あっ。そのっ。はいっ。なんでしょうか」

「えーっと。由紀から聞いたんだ。南雲さんが、オカルト分野に詳《くわ》しいんだって」

「由紀さんから……?」

由紀の名前を口に出した途端《とたん》、千尋の緊張が和《やわ》らいでいくのがわかった。

その時、ふと、翔太の視界に映る千尋の姿が、どことなく由紀と重なって見えた。

(——あれ。なんだろう。これ)

同じ文科系の部活動に所属しているという点を除いて、由紀と千尋は、これといった共通点を持たないはずの人間だった。

けれども、何故《なぜ》だろう。

その時、たしかに翔太の眼《め》には二人の姿が重なって見えたのだった。

考えても、考えても、その理由については納得のできる答えを見つけ出すことはできなかった。

＊

「なるほど。天野くんもゲームについて色々と調べているのですね」

詳しく話を聞き出すため、千尋と一緒に空《あ》き教室の中に入る。

校内は既《すで》に1―Aの生徒を除いた全《すべ》ての人間が消えており、話し合いの場所には事欠かなかった。

「それで、ゲームについて何かわかりました？」

「いや。それが全然。これだけ死人が出ているのに警察も、メディアも一向に動き出す気配がないし……普通ありえないだろ？　ゲームに関する情報は、政府とか、それよりも大きな力で制限されているんじゃないかな」

「ふふふ。政府による情報統制……。翔太くんはまだこのゲームが世の『常識』の中で行われているのですか」

「……どういうこと？」

「私に言わせればこのゲームは極《きわ》めて霊的なものですよ。私たちは今、後世に語り継がれるような都市伝説を体験しているのです」

ゲームについて語る千尋の眼差《まなざ》しは爛々《らんらん》と輝いていた。

翔太は普段の物静かな千尋とのギャップに、啞然《あぜん》としていた。

「ところで天野くん。こんな噂《うわさ》をご存じですか？　隣の県にある、とある高校の噂です。その高校は県内屈指《くつし》の進学校で、入試倍率は十倍近かったのですが、つい最近『生徒不足』を理由に、廃校になったみたいなのです」

「えっ。それって……？」

「世の中には不思議なことがあるのですね。私は廃校になった原因に『何かある』と感じたのですが、天野くんはどう思います？」

そこまで聞いたところで翔太は、この情報がゲームに関連するものだと確信した。

ゲームの起《き》源《げん》をオカルトなものだと主張する千尋の言葉には共感できなかったが、「過去に同様のゲームが行われていたことがあったのではないか」という推理《すいり》は、翔太もしてみたことがあった。

このままいくと、桜坂《さくらざか》高校もその高校と同様に廃校となるのも時間の問題だった。

「ちなみにその、最近廃校になった高校の住所ってわかるの？」

「ええ。私は先に行ってもう『それ』を確認してきていますから。天野くんも足を運んでみる方が早いと思いますよ」

千尋は意味深な言葉を残すと、ノートの切れ端に学校の住所を書き始める。

（――良かった。これでようやく一歩進めるんだ）

過去にゲームが行われていたかもしれない学校の探索。

果たしてそれがどんな成果をもたらすかは定かではないが、何か有力な情報を入手できるのではないかという期待で翔太の胸は満たされていた。

「――――ッ！」

人の気配を感じて振り返った時には既に――その男は翔太の目前にまで迫っていた。

咄嗟《とっさ》に千尋の体を押し倒した翔太は、なんとか相手の不意打ちを回避する。

「チッ。外したか」

バットを持ちながら翔太のことを見下ろす男の名前は山口健吾《やまぐちけんご》。

1―A不良グループのリーダーにして、同じクラスの諸星留美《もろぼしるみ》を殺害した生徒だった。

(こいつ……明らかに千尋のことを狙《ねら》っていた!?)

健吾はすでに第4回のゲームで感染者になっていたはずだ。同じ人間がまた感染者になることがあり得るのだろうか?

そこで翔太は自身の置かれた危機的状況に気づく。仮にこのまま千尋が殺されることになれば、過去にゲームが行われていた学校に関する情報も聞きそびれてしまうことになる。

それだけはなんとしても阻止《そし》しなくてはならなかった。

「――天野翔太。お前は偽善者《ぎぜんしゃ》だ」

ポケットから取り出した携帯電話の画面を向けて健吾は宣言する。

TO　山口健吾
件名　第8回　友食いゲーム
状態　　　感染者
ワクチン　胃袋
ドナー　　南雲千尋

「気づいているんだろ？　ソイツを守るということは、感染者であるこのオレを見殺しにするということだ」


何も言い返す気にはなれなかった。

返事の代わりに翔太は、制服の中からサバイバルナイフを抜き出した。

「へぇ。少しはいい眼をするようになったじゃないか」


健吾は感心していた。

これまで健吾は翔太のことを、綺麗事《きれいごと》を吐くしか能《のう》がない偽善者だと考えていた。

しかし、ナイフを抜いた翔太の眼には、一切《いっさい》の遠慮が見受けられない。

それは人殺しになることを覚悟した人間の眼であった。

「けど、残念だったな！　生き残るのはオレたちだ！」

突如《とつじょ》として何者かが翔太の脇腹《わきばら》を殴り飛ばす。

予想外の方向からの一撃。

不意を衝《つ》かれた翔太は教室の床を転げ回る。

「あ～。なんかオレって、こういう役回りばっかじゃね？」

声のする方に目をやると、1―A不良グループの№《ナンバー》2、寺井銀二《てらいぎんじ》がそこにいた。

ボクシングの経験者である銀二の一撃は強烈で、翔太は教室の床を這《は》うことになった。

「いやっ。放してください！」

「南雲さん!?」

廊下から入り千尋の身柄《みがら》を押さえる男子生徒が二人。

篠崎廉也《しのざきれんや》と西野渡《にしのわたる》である。

健吾たち不良グループに属している二人は、大振りのナイフを携《たずさ》えていた。

(クソッ。どうしてこんな時に……)

状況は既に一対四。
多勢《たぜい》に無勢《ぶぜい》とはこのことだった。
助けを求めようにもここは人気《ひとけ》のない二年生の教室。
とてもではないが助けは期待できそうにない。
翔太が絶望的な状況に打ちひしがれた直後であった。

「ふごっ!?」

一人の生徒が助走をつけて、千尋を拘束《こうそく》している男に殴りかかる。

「テメェ。なんの真似《まね》だ……綾斗《あやと》ォ!」

健吾は苛立《いらだ》ちの籠《こ》もった声を上げる。
視線の先にいた生徒の名前は神木《かみき》綾斗。

神木病院の跡取りにして、過去に何度も翔太を救った男であった。

「綾斗!?」

「フンッ。単なる木偶《でく》かと思っていたが少しはやるじゃないか。やつら……ゲームの本質に気づいている」

このゲームの本質を、綾斗は『ハンティング』に近いものであると解釈していた。

いかにして相手にさとられず、狩《か》りが始まってからは素早く、決まった獲物《えもの》を仕留《しと》められるかが勝敗を分かつ。

だからこそこのゲームは、徒党《ととう》を組んだ方が他者に対して優位に立つことができる。

「早く行け。その女に死なれたら困るのだろう?」

綾斗の指示を受けた翔太は迷わなかった。

「南雲さん! こっちへ!」

素早く体勢を立て直した翔太は、千尋の手を引いて、教室の外に向かって走り始める。

「逃がすかよっ！」

翔太たちの進行方向に先回りした健吾が立ち塞《ふさ》がる。

１８０センチを超える健吾の巨体が、翔太たちの退路を完全に断っていた。


「――――ッ!?」


突如として健吾の背中に鋭い痛みが走った。

激痛を受けた健吾の体は、硬直状態になった。

「翔太くん。こっちは任せて」

「この……クソ女ッ……！」

この窮地《きゅうち》を救ったのは騒ぎを聞いて、護身《ごしん》用のスタンガンを携えて駆けつけた由紀であった。

翔太は一つ思い違いをしていた。

身を挺《てい》して助けてくれる仲間がいるのは健吾だけではない。

(——ありがとな。二人とも)

千尋の手を引きながら翔太は勢い良く教室を飛び出した。
翔太の視界にはどこまでも続く真《ま》っ直《す》ぐな廊下が広がっていた。

「クソッ!　待ちやがれっ!」

千尋の手を取り翔太は走る。
すぐ後ろには金属バットを持った健吾が迫ってきている。

「はぁ……はぁ……。ごめんなさい……。私……昔からずっと……運動が得意ではなくて……」

隣で走る千尋は完全に息が上がっていた。
自分一人であれば逃げ切ることができたかもしれないが、今の目的は制限時間まで千尋を守り切ることである。
女子である千尋を連れたまま逃げるのは分《ぶ》が悪い。
そう考えた翔太が目指したのは、階段を上った先にある四階の理科室だった。

「ハハッ！　袋のネズミだっつーの！」

理科室に足を踏み入れた健吾は、隠れた二人を捜し始める。

「そこだっ！」

カーテンの中に人影を発見した健吾は、狙いを絞《しぼ》って思い切りバットを振り抜いた。

バキリッ。

鈍《にぶ》い音が聞こえたかと思うと、健吾の足元に人体模型の頭が転がった。

「チッ……。舐《な》めやがって……」

身代わりの人形に騙《だま》された健吾は、イラつきながらも理科室の探索を再開する。

けれども、どんなに捜しても理科室の中に二人の姿を見つけることができなかった。

「まずいっ！　準備室か!?」

そこで健吾は自身の犯した致命的なミスに気づく。

桜坂高校の理科準備室には二つの扉が存在している。

一つは理科室と繋《つな》がる扉。

もう一つは廊下に繋がる扉である。

仮に二人が準備室に入っているのだとしたら既に廊下に繋がる扉を通って、遠くに逃げている可能性が高い。

額《ひたい》に汗《あせ》を浮かべた健吾は、すぐさま準備室に突入する。


「ハハハ！　な〜んだ。いるじゃねーかよ〜！」


準備室に入り二人の姿を確認した健吾は、表情に狂気を滲ませる。

千尋の体力を考えると、廊下に繋がる扉を使って逃げても再び追いつかれるのは明らかだった。

幸いなことに武器はある。

ロッカーの中にモップを見つけた翔太は、その柄《え》の部分だけを取り外して、千尋の前に庇《かば》うように立っていた。


「あの、天野くんだけでも逃げた方が……」

「——大丈夫。勝算はあるんだ。俺のことを信じてくれ」

正直に言うと怖い。

目の前の男は不良グループのリーダーにして、すでに殺人者でもある。

けれども、あの日、遊岳《ゆうがく》と交わした約束を思い出すと、翔太の中には不思議と勇気が湧《わ》き出してきた。

「死ねえええええええええええぇぇぇ！」

健吾は叫びながらバットを振り下ろす。

ガキンッ。

準備室の中に金属のぶつかり合う音が響く。

単純な力比べでは健吾に分があるが、反射神経では翔太が勝っていた。

翔太は健吾の猛攻《もうこう》を時に受け止め、時に受け流しながら、チャンスが訪れるのを待っていた。

「そこだぁぁぁ！」

勝負の決着は意外な形で幕を下ろすことになった。

健吾が振るったバットがモップの柄を粉砕《ふんさい》する。

武器を失った翔太は、窮地に立たされていた。


「クハハハ！　お前の悪運もここまでだったようだな！」


勝利を確信した健吾は高笑いをあげる。

翔太はそこで、すかさず廊下に繋がる扉に向かって走っていく。

もちろん翔太は何の勝算もなく敵に背を向けたわけではない。扉の前には千尋がいつでも出られるように準備していた。


パタンッ。カチリ。


千尋と翔太が廊下に飛び出した次の瞬間。

準備室の扉は鍵《かぎ》によって閉ざされた。

「おい！　テメェ！　出せよ！　ふざけんなああああああああああああああああああああぁぁぁぁ」

すぐに理科室に繋がる扉を開けようと試《こころ》みたが、そこにも鍵がかけられていた。閉じ込められたことを悟った健吾は、悲鳴にも似た叫び声を上げる。

バットを振るって扉を破壊しようと試みるが、扉をこじ開けるまでには至《いた》らない。実験器具などが置かれる理科準備室には、通常の教室よりも強度の高い扉が採用されていた。

これで理科準備室はガラス窓が一つあるだけの密室となった。

「ふぅ〜。なんとか間一髪《かんいっぱつ》っ！」

「ありがとう。助かったよ。奈緒」

「……飯島《いいじま》さん。助かりました。ありがとうございます！」

理科室の中に逃げ込んだ翔太は、健吾のことを準備室に閉じ込めるアイデアを思いつく。

そこで奈緒に、職員室のカギを使って、健吾が理科準備室に入ったらまず理科室側の扉に鍵をかけ、千尋と翔太が脱出したタイミングで廊下側の扉の鍵も閉めるようメールで依頼していたのである。

「それで……教室の方はどうなったんだ？」

それは健吾と戦っている最中、翔太がずっと気にしていたことであった。

「大丈夫。空き教室の連中なら全員、綾斗が蹴散《けち》らしていたわよ。アイツ、滅茶苦茶《めちゃくちゃ》強かったし」

奈緒の言葉を聞いた翔太は、ホッと胸を撫《な》で下ろす。

(……それにしても綾斗ってマジで何者なんだろうな)

女子である由紀を除けば状況は一対三。
加えてメンバーの中にはボクシングの経験者である銀二もいる。
果たして綾斗はどこでそれほどまでの力を身につけたのだろうか?
翔太にはそれが不思議でならなかった。

「銀二たちの様子が気になる。一旦《いったん》教室に戻ろう」

最大の難敵《なんてき》を閉じ込めはしたが、これで勝利が確定したわけではない。
翔太が三階に続く階段を下りようとしたその時だった。

「――――ッ!」

階段の踊り場。

そのガラス窓から大きな黒影が落下する。

時間にすると一秒にも満たない一瞬のことだったのかもしれない。

けれども、翔太の網膜《もうまく》は、ハッキリとその姿を捉《とら》えていた。

「健……吾……?」

翔太はこの時の光景を一生忘れない。

コンクリートに向かって落下していく健吾と目が合った。

ベチャリ。

窓の外から肉の潰《つぶ》れる音がした。

恐る恐る窓の下の状況を確認する。

するとそこには脳をぶちまけ、血を流す健吾の亡骸《なきがら》があった。

どうして健吾が窓から落下することになったのか? ハッキリとした理由はわからないが、想像することは難くない。

理科準備室のガラス窓——唯一《ゆいいつ》残された密室の出口を使って、健吾は脱出を図り、誤って転落したのだろう。

「いやっ……。こんなことって……。耐えられない……」

死体の有様《ありさま》が酷《ひど》いことは、三階の窓からでもハッキリとわかった。

翔太の隣にいた奈緒は、目を塞いだまま、その場に蹲《うずくま》ることになる。

（——許してもらおうなんて思わない。健吾は俺が殺したんだ）

自分の取った行動を後悔しているわけではない。

元より翔太は一度、他人を殺す覚悟を決めていたのである。

けれども。

頭がグチャグチャに潰れた健吾の死体は、翔太の胸の中に、言いようのない後味の悪さを残していた。

＊

放課後。

千尋から目的の学園の住所を聞き出すことに成功した翔太は、電車に乗って久しぶりに県外にまで足を延《の》ばしていた。

翔太の耳にこびりついて離れないのは、健吾の頭が潰れ、肉片が飛び散った時の音である。

クラスメイトを殺してしまった。

浩明《ひろあき》のことも忘れられない状況でその事実は、想像以上に翔太の精神を追い詰めていた。

沈んでいた翔太の意識は、目的地への到着を告げる電車のアナウンスによって現実に引き戻された。

駅の規模は翔太たちの住んでいる街と同じくらい。

郊外型の大型ショッピングモールが一つある以外は、取り立てて何もないところであった。

知らない駅の改札口を出て、目的地である学校を目指す。

規則的に並んでいる街灯には、無数の虫が集まっていた。


「ここか……」


暫《しばら》く歩くと、目的地である高校が見えてくる。

思っていた以上に移動に時間がかかったこともあり、周囲を見渡すと、すっかり日が沈んでいた。

翔太は持参した懐中電灯を片手に夜の校舎を探索していく。

「うぐっ。この臭《にお》いは……」


暫く歩いたところで翔太は強烈な生臭《なまぐさ》さを感じることになった。

恐る恐る臭いのする方に足を運ぶ。

そこで翔太の視界に飛び込んできたのは、一面が血の赤色に染まる空き教室であった。


(嘘《うそ》……だろ……？　これ全部血なのか……？)


一人や二人から流れる血液の量ではない。

床にこびりついているそれは干からびながらも未《いま》だ強烈な臭いを放っていた。

その時、翔太の脳裏《のうり》を過《よぎ》ったのはゲームの起源をオカルトなものだと指摘《してき》する千尋の言葉である。

目の前に広がる惨劇《さんげき》の痕《あと》は、世の常識では計《はか》り知れないような『何か』を感じさせるものであった。

翔太は携帯のカメラを片手に教室の中を歩き回る。

置かれていた机はどれも中身が空《から》っぽであった。

（手がかりになりそうなのは……これくらいか）


翔太が目をつけたのは、教室の後ろにあったロッカーであった。

既に中身は撤去されていたが、ロッカーの上にはクラスの生徒のものと思《おぼ》しき名前の書かれたシールが貼《は》られていた。

ここに書かれている名前を辿《たど》っていけば、何かわかることもあるかもしれない。

そう判断した翔太はカメラを使って、一人一人生徒の名前を記録していく。


（誰か……来る……!?）


不意にコツコツと廊下を歩く音が聞こえてきた。

翔太は懐中電灯の灯《あか》りを消すと、素早く教卓の陰《かげ》に身を隠す。

だが、教室の中に入ってきた人間の姿を見た翔太は思わず目を疑い、声をかけた。

「えっと。キミは……？」

「わっ！　翔太くん……！　ビックリした〜！　こんなところで会うなんてね」

少女の名前は姫宮夢愛《ひめみやゆあ》。

翔太と同じ桜坂高校1―Aの生徒であり、学校屈指の美少女であった。

「俺も驚いたよ。まさか県外でクラスメイトに会うなんて」

夢愛の目的は翔太と同じものであった。

千尋も話していた、この学校の不自然な廃校に注目した夢愛は、翔太と同じようにこの学校を探索していたのだった。

「それで翔太くんの方は何か手掛かりは見つかったの？」

「……いや。特に何も。けど、教室のロッカーから名前がわかったから写真だけは撮っておいた」

「どうして名前を？」

「ネットで調べれば何かわかることもあるかもしれないと思って。まぁ、他の情報と同じように削除《さくじょ》されているかもしれないけど」

「そっか。名前かぁ。翔太くん頭良いんだね」

翔太の説明を受けた夢愛は、感心したような表情を浮かべる。

「ねえねえ。翔太くん。ものは相談なんだけど、一つだけ夢愛のお願いごとを聞いてくれないかな」

「えーっと。なにかな」

「あのね。翔太くん。夢愛のことを守るナイトになってくれない？　夢愛はずっと不安だったの。ゲームの中で頼りになる男の子を探していたんだ」

「いや……。でも夢愛さんには竹男《たけお》がいるじゃないか」

5回目のゲームが終わってからというもの学校での竹男は、「夢愛さんを守る」と喧伝《けんでん》し、張り切っていた。

そのヤル気はある種の暑苦しささすら感じさせるものであった。

「ううん。竹男くんじゃダメなの。あの人、指をケガしているし、いざという時にはやっぱり不安なの。それに……どうせ守ってもらうなら翔太くんみたいな格好《かっこう》良い人がいいなと思って」

ゾゾゾゾゾゾゾッ。

翔太の背筋《せすじ》にミミズが這うかのような悪寒《おかん》が走った。

果たしてどこまで本気で言っているのだろうか？
竹男は夢愛を助けるために生爪《なまづめ》まで剝《は》がしている。
そんな竹男を簡単に切り捨てることができる、夢愛の感覚が恐ろしかった。
ここで翔太は本能的に姫宮夢愛という少女が危険な存在だと理解する。

「悪いけど――」

別の人を誘ってよ、と続けようとした直後であった。
夢愛は無言のまま翔太の手を取ると、自《みず》らの胸にその掌《てのひら》を置いた。

「……もちろんタダでとは言わないよ。どう？　夢愛の胸、大きいでしょ？」

説明されるまでもなく夢愛の胸が大きいことは服の上からでもわかっていた。
夢愛の取った想定外の行動は、翔太の頭を悪戯《いたずら》に混乱させていく。

「下の方も見て。今日はね。夢愛のお気に入りの下着をつけてきたんだ。ちょっと大胆《だいたん》な下着で恥《は》ずかしいけど……翔太くんにならみられてもいいかな」

スカートをたくし上げる夢愛の姿に、思わず視線が釘付《くぎづ》けになってしまう。

手応《てごた》えを感じた夢愛は翔太の首に手を回して、身体《からだ》を密着させた。

「上も下も……。夢愛の恥ずかしいところぜ〜んぶっ！　協力してくれるなら翔太くんの好きにしていいいんだよ？」

目の前の少女が危険だということは百も承知《しょうち》のことであった。

けれども、何より怖いと思ったのは、危険だとわかっていても尚《なお》、抗《あらが》うことのできない魅力があったということである。

匂《にお》い。体の感触。佇《たたず》まい。

夢愛を構成する全ての要素は、男心をかき乱すものであった。

翔太はまるで毒蛇《どくへび》にでも巻きつかれたかのような気分に陥《おちい》っていた。

（……ダメだ。このままでは奈緒を悲しませることになるかもしれない）

寸前のところで思い留まることができたのは、今も帰りを待っているだろう奈緒の顔が頭に浮かんだからである。

まだ正式に付き合っているわけではないが、ここで夢愛の誘いに乗ることは奈緒に対する裏切りだと感じた。

「ごめん！」

翔太は力を込めて夢愛の体を突き放す。

「俺ではキミの力にはなれないから！　他を当たって！」

理性が残っている内に少しでも早く立ち去りたかった。

翔太はそう言い残すと、足取りを早くして教室から出ていく。

「初めてかも。夢愛の誘いに乗らなかった男の子って」

夜の校舎に取り残された夢愛はポツリと意味深な言葉を残すのだった。

＊

工場から漂う錆《さ》びた鉄の匂い。

校舎の探索を切り上げた翔太は、電車を乗り継いで団地跡にまで戻ってきた。

早く。

とにかく今は少しでも早く奈緒に会いたかった。


「奈緒！」


そんな祈りが通じたのかもしれない。

家に着く前に公園の木の下で奈緒の姿を発見する。

ここはかつて地元の人間から『タイヤ公園』という愛称《あいしょう》で親しまれていた場所で、翔太にとっても思い入れのある公園であった。


「……ウソつき」


俯《うつむ》き気味に視線を伏せながら奈緒はポツリと呟《つぶや》いた。

言葉の意味はすぐにわかった。

今回の探索ではどんな危険が待っているかわからない。

そう考えた翔太は『今日は遅くなる』とだけ言い残して、一人で探索に向かっていたのだった。

「ごめん」

学校から帰ってから奈緒は、ずっと同じ姿勢で翔太の帰りを待ち続けていた。

秋も深くなってきた空の下で帰りを待っていた奈緒の手は、すっかり冷えていた。

「ウソつき！　アタシを一人にしないって約束したじゃん！」

視線を上げた奈緒の瞼《まぶた》は、涙で赤く腫《は》れあがっていた。

「あのさ。大切な話があるんだけど……」

その言葉は翔太にとって今までタイミングを逃し続けて、ずっと口にできなかったものであった。

「俺と付き合ってほしい」

冷たくなってしまった奈緒の手を握りながら翔太は言った。

瞬間、奈緒の瞳《ひとみ》からポロポロと涙が零《こぼ》れ落ちた。

「遅すぎるのよ。バカ」

その夜、翔太と奈緒は恋人同士になった。

互いの気持ちを確かめ合った後は、公園のベンチの上で寄り添い合う。

夜空の下の秋虫たちの演奏は、二人を祝福しているかのようであった。

＊

「あれ。何をしているんだ？」

自動販売機でホットのコーヒーを買って公園に戻ると、ベンチに腰かけたまま奈緒は手帳にペンを走らせていた。

声をかけるが反応はない。

やがて翔太の存在に気づいた奈緒は、慌《あわ》てた様子で手帳を背中に回す。

「み、見た!?」

「いいや。何も」

「……それ、本当でしょうね？」

「本当だよ。何を書いていたんだ？」

「何って……日記よ。日記」

「……日記？」

「そう。子供の頃からの習慣なのよ。悪い？」

拗《す》ねた子供のような表情で奈緒は言った。

その様子が可笑《おか》しくて、思わず翔太は笑みを零す。

これまで知らなかった恋人の一面が見れたような気がして無性《むしょう》に嬉《うれ》しくなった。

「その日記、見てもいいかな？」

「ダ、ダメッ！」

手帳を覗《のぞ》き込もうとすると、奈緒は慌てて手帳にカギをかける。

ダイヤルロック式の大きなカギは、まるで自転車にかけるかのような大袈裟《おおげさ》なものだった。

「誰にも見せたことがないし、見られたくないのよ。翔太にだって他人に見せたくないものの一つや二つくらいはあるでしょ？」

「ああ。それはわかるよ」

翔太は自らの行動を恥じた。

恋人同士になったとしても、それが相手のプライバシーに踏み込んでいい理由にはならないのである。


「ところで翔太。アタシの誕生日って来月の……11月20日なんだ」

「どうしたの急に？」

「えっ。だってほら。フツー恋人ができたら互いの誕生日くらいは確認するでしょう？」

「……ああ。そういうものなのか」

理由を説明されて納得する。

異性との交際経験のない翔太にとっては、目からウロコのような言葉であった。

「絶対に忘れないでね。11月20日よ。忘れたら、タダじゃおかないから」

「約束するよ」

これから起こるだろうイベントを想像すると胸が躍《おど》る。
無事に生き残ることができれば、誕生日があって、クリスマスがあって、正月があって……
そういう幸せな時間を二人で過ごしていくことができるのだろう。

「ねぇ。翔太。こっちを向いて」

言われた通りに首を向けると、不意に唇《くちびる》を塞がれる。

「――約束のキス。今のうちに覚悟しておいてね。たぶんアタシは翔太が思っているよりも100倍は面倒《めんどう》な女だから」

初めて恋人となった人と交わしたキスは、飲んだばかりのコーヒーの香りがした。
胸の内側からポカポカとした温かい何かが込み上げてくる。
翔太はこの時『幸せ』という言葉の本当の意味が、初めてわかったような気がした。

桜坂高校1―A　クラス名簿

桜坂高校1―A　クラス名簿

残り

男子 10　女子 15

ゲーム9　小腸

TO　天野《あまの》翔太《しようた》
件名　第9回　友食いゲーム
状態　　　健常者
ワクチン　　小腸

窓の外から小鳥たちの囀《さえず》りが聞こえてくる。
林に囲まれたログハウスの中は、朝になっても光が当たらず薄ぼんやりとしていた。
(あれ……なんだか妙に体が軽いな)
携帯で時間を確認した翔太は愕然《がくぜん》とすることになる。
時刻は6時40分。

ゲームの開始から既《すで》に1時間以上が経過していた。

「嘘《うそ》……だろ……!?」

セットしていたはずの携帯のアラームの設定が解除されていた。
不自然な点はそれだけに留まらない。
昨日と同じであれば奈緒《なお》が持ち込んだ目覚まし時計が5時前に作動するはずなのだが、部屋の中にその音が鳴ることはなかった。

「奈緒！　由紀《ゆき》！」

翔太は急いで隣の部屋の様子を確認する。
隣の部屋は奈緒と由紀が使用している女子部屋となっていた。

「誰も……いない……」

静まりかえった朝の空気だけが翔太のことを迎えていた。
おそらく二人はまだ遠くには行っていないだろう。

部屋の中の毛布は僅《わず》かにだが、熱を持っていた。

(二人とも……無事でいてくれよ……)

翔太は踵《かかと》で靴を履《は》き潰《つぶ》し、外に向かって飛び出した。
枯れ葉を踏み鳴らしながら人通りの少ない歩道を走る。
翔太が思いつく中で、彼女たちの居場所として最も可能性が高いのはトイレがあるタイヤ公園だった。

(今朝は……やけにカラスが多いな)

カラスたちが飛んでいく先は翔太と同じタイヤ公園であった。
翔太はカラスたちの後を追うようにして公園の中に足を踏み入れる。

(なんだよ……あれ……!?)

そこで翔太は、公園の中でも一番高い木の上に大量のカラスが留まっているのを発見する。
カラスたちの目的は、木の上に吊《つ》るされていた、新鮮な肉にあった。

ポタポタ。
ポタポタ。ポタポタ。
肉から滴《したた》る血が地面に零《こぼ》れて、小さな池を作っている。
腹部から飛び出た紐《ひも》状の臓器は、少女の体を木の上に固定していた。

「奈……緒……？」

吊るされた死体が最愛の女性のものだと知った時、翔太はその場に両膝《ひざ》をついた。

「おはよう。翔太くん」

不意に聞き覚えのある声がした。
声のした方に目をやると、そこにいたのは大振りの包丁を手にした由紀であった。
包丁は血が滴り、制服は血の赤色で染まっていた。

「もしかしてこれ――」

由紀がやったのか？　そう続けようとした時であった。

「そうだよ。私が殺《や》ったの」

尋《たず》ねる前に返事がきた。

全身に返り血を浴びながらも、由紀はニッコリと微笑《ほほえ》んでいた。

「どうせ食べるならね。一番憎《にく》い相手がいいなって、そう思ったんだ」

TO　遠藤《えんどう》由紀
件名　第9回　友食いゲーム
状態　　健常者
ワクチン　小腸
ドナー　女生徒

由紀が取り出した携帯の画面には、自身が感染者であったことを意味する文字が表示されていた。

「これはね。仕方がなかったんだよ。私の方が先に翔太くんを好きになったのに……その人がかすめ取っていっちゃうから」

「でもいいの。今はわからなくていい」

「生き残ったのは私だから。いずれ翔太くんは私のことを好きになるはずだよ」

立て続けに言葉を投げかける由紀だったが、彼女の言葉に耳を傾けるものはどこにもいない。

カラスたちが肉をついばむ音が聞こえるたびに、翔太の視界は墨《すみ》で塗ったかのように黒くなる。

翔太は自分の中で何かが壊れていく音を聞いた気がした。

＊

ゲームの結果は早朝に決していたが、『欠席は死』というルール上、学校には通わなければならない。

学校に到着した由紀は一日中、屋上にいる翔太の様子を窺《うかが》っていた。

（翔太くん……元気がないみたい）

翔太はその日、ゲーム終了のメールが届く13時になるまで、ずっと屋上の貯水タンクの上に蹲《うずくま》っていた。

ひたすら遠くの景色を見つめる翔太は、心ここにあらずといった様子である。

何度か声をかけてはみたが、翔太から反応が返ってくることはなかった。

(可哀想《かわいそう》な翔太くん。こういう時は私が陰から支えてあげないとね)

これまではずっと守ってもらったのだから今度は自分が守る番である。

生気《せいき》が抜けて、放っておくと今にも空と混じってしまいそうな翔太の姿は、由紀には特別に美しく見えた。

*

一体どのタイミングで由紀の心は澱《よど》んでいったのか。

事の発端《ほったん》は8回目のゲームに遡《さかのぼ》る。

(どうしよう……私……私……)

好きな人ができた。

その人は誠実で、頼りになる、凄《すご》く格好《かっこう》良い男の子だった。

けれども、その人には別に好きな人がいた。

その人のことを世界で一番愛しているのは自分なのに――。

ほんの些《さ》細《さい》な行き違いによって、その人は他の女の人を好きになってしまった。


(私、翔太くんのこと……諦《あきら》めたくない……)


奈緒と一緒にいる翔太の姿を見ているだけで胸が詰まりそうになる。

学校帰りの電車に乗りながら、由紀はじっと窓の外の景色を眺《なが》めていた。

歯止めの利《き》かない過《か》疎《そ》化によって、すっかり活気を失った街は、由紀の眼《め》には色を失っているように映っていた。


――この街はダメだな。もう死んでいる。


店にいた常連客の一人が口にした言葉が今でも忘れられない。

街に対して『死んでいる』という表現が正しいものなのかはわからないが、その言葉はなぜか由紀の胸にストンと落ちることになった。

無人の駅で降りて、寂《さび》れた商店街の中を歩く。

シャッターの下りた店が目立つ道通りは、夕焼けに沈んで一層、活力を失っているように見えた。

（……何だろう？　あそこに誰かいる？）

その時、由紀の視界に映ったのは赤い服を着た一人の少女だった。

年齢は小学校の低学年くらいだろうか？

高齢化の進むこの商店街では、あまり子供は見かけない。

灰色《はいいろ》の商店街の中にいて唯一《ゆいいつ》、色を失っていない少女の姿は、由紀の視界には鮮明に映っていた。

何かに取り憑《つ》かれたかのように由紀は商店街の裏路地に入った『赤い服の少女』を追いかけて行く。

（あれ……？　いなくなっちゃった……？）

裏路地を抜けて周囲を見渡してみるが、目的の『赤い服の少女』はおろか通行人の一人すら見つけることができなかった。

夢の中にいるかのような不思議な出来事を経験した由紀は、呆然《ぼうぜん》とした気分に陥《おちい》っていた。

「――由紀」

唐突《とうとつ》に背後から声をかけられる。

振り返ってみると、そこにいたのは母、秋江《あきえ》であった。

小さい頃から由紀は、母の眼が苦手だった。

メガネの奥から覗《のぞ》かせる眼差《まなざ》しは、酷《ひど》く無機質で、見ているだけで身が凍《こご》えそうだった。

「何をしているの？　今日は店の仕込みがあるから早く帰るようにと言っていたでしょう」

視界が霞《かす》んで、景色が一段と色を失っていく。

一体いつからこうなってしまったのだろうか？

母親の姿を見るだけで由紀は見えない糸によって絡《から》めとられて、意思を持たない操《あやつ》り人形のようになった。

「……はい。お母さん」

空を見上げると、分厚い雲が太陽の光を遮《さえぎ》っていた。

ポツポツと降り出した雨はやがて激しさを増し、水はけの悪くなった道路に汚水を溜《た》めていた。

＊

その店は寂れた商店街の中にあって、ギリギリのところで黒字を維持《いじ》していられる程度には繁盛《はんじょう》していた。

「これ3番テーブルの和夫《かずお》さんに持って行って」

「はい。わかりました」

由紀の実家は商店街の一角で小料理屋を営《いとな》んでいた。

かつては景気の良い時期もあったが、過疎化が進んだ今となっては店の収益はゆるやかに減少の一途《いっと》を辿《たど》っている。

それでも店を閉めずにやってこられたのは、由紀を目当てにやってくる常連客の存在が大きい。

「いや〜。由紀ちゃん。少し見ない間に随分《ずいぶん》とキレイになったね。オジさんビックリしちゃったよ」

「アハハ。ありがとうございます」

悪天候にもかかわらず、まばらな客足が途絶《とだ》えることはない。

制服姿の女子高生が接客するという物珍《ものめずら》しさが、街に残る中年男性からの支持に繋《つな》がっていたのだった。

「そう言えば由紀ちゃん。若い頃の秋江さんに似てきたね。こりゃあ、将来が楽しみだ」

店を支える常連客の中でも一際《ひときわ》金払いが良かったのは、カウンター席で酔いつぶれている和夫という男だった。

二十年にもわたり市役所に勤めながらも独身の和夫は、他に金の使い道を見つけられずにいたのである。

「なぁなぁ。由紀ちゃん。オジさん、どうしてモテないのだと思う?」

「さぁ。和夫さん優しいし、女性に見る目がないだけだと思いますけど」

単なるリップサービスだった。

酒癖《さけぐせ》の悪さ。

脂《あぶら》ぎっていて不潔《ふけつ》な頭皮。

中年太りと呼ぶにも度が過ぎた体形。

モテない原因は枚挙《まいきょ》に暇《いとま》がないが、正直にそれを伝えることは自分の利益にならない。


「はぁ～。そう言ってくれるのは由紀ちゃんだけだよ。由紀ちゃん。いっそのことオジさんと付き合ってくれよ」


機嫌を良くした和夫の右手は由紀のスカートに向かって伸びていく。

こういった客からのセクハラも由紀にとっては慣れっこであった。

常連客たちは店に金を落としたことの対価と言わんばかりに由紀の体に触れていく。

過去にたびたび常連客のセクハラについて母親に相談したことがあったのだが、『店のために我慢《がまん》してほしい』の一点張りで取り合ってはくれなかった。


（……ああ。またこれか）

由紀の全身に見えない黒色の糸が絡みつく。

何も考えず、何も求めず、あるがままを受け入れる。

そうやって生きていくことが一番良いのだと、由紀はいつものように自分に言い聞かせる。

「やめてください!」

だから次に由紀の取った行動は、その場にいた全《すべ》ての人間を驚かせるものであった。

大声を上げながら和夫の手を払ったのだった。

「由紀! 何をやっているの!?」

異変に気づいた母、秋江が店の奥から現れる。

平静を取り繕《つくろ》っているが、その表情には怒りの色が滲《にじ》んでいた。

(あ……れ……。ほんと……私、何やっているんだろう……?)

考えるよりも先に体が動いていた。

由紀の自由を奪っていたはずの見えない糸がいつの間にか消失していた。

今回の行動には他《ほか》ならぬ由紀自身が一番驚いていた。

「ごめんなさい。私……部屋に戻ってるね……」

由紀はポツリと呟《つぶや》くと、足取りを速くして二階の階段に向かっていく。

(……翔太くん。会いたいよ)

由紀の頬《ほお》に一滴の涙が伝う。

辛《つら》いときに思い浮かぶのはいつも好きな人の姿だった。

*

仕事を抜け出した由紀はベッドの上で、ぼんやりと物思いに耽《ふけ》っていた。

トントントン。

小さく部屋をノックする音。

母が部屋に近づいていることは足音で気づいていた。

「由紀ちゃん。鍵《かぎ》、開けてくれないかしら?」

絶対に今日のことを怒られる。

そう確信して扉を開けたのだが、母の口から出たのは意外な言葉であった。

「ごめんなさい。由紀ちゃんは店のために我慢してくれているのに……。大声を出して怒鳴っちゃったりして」

こんなことは初めてだった。

以前はヒステリックに怒られるだけで、慰《なぐさ》めの言葉すらもかけてもらえなかったのである。

「……ううん。私の方こそ、ごめん。学校で色々なことがあって動揺していたみたい」

母の言葉に戸惑《とまど》いながらも返事をする。

普段とはあまりに違う母の態度に、由紀は逆に不安な気持ちに駆られていた。

「ところで由紀ちゃん。今日はもう遅いんだけど……淳《じゅん》さんがどうしてもって煩《うるさ》いのよ。相手をしてもらえないかしら?」

「えっ……」

その男の名前を聞いた途端《とたん》、由紀の体は鉛《なまり》のように重くなっていった。

最初に淳の相手をしたのは中学一年生の時。

それからはおおよそ一年に一度のペースで相手をしていた。


「だ、だってそれは……前回ので最後だって……」


淳という男は秋江が出入りしている麻雀《マージャン》クラブの元締めである。

このクラブでは会員限定で、定期的に超高レートの麻雀大会を実施していた。

由紀は母が作った『負け』の対価として、過去に何度も自分の体を差し出してきたのである。


「ごめんね。由紀ちゃんは良い子だからママの言うこと聞けるわよね？」


由紀はそこで自分に拒否権がないことを悟った。

絡みついた糸が再び由紀の自由を奪っていく。

全てを諦めて、あるがままを受け入れる。

そうやって生きていくことが一番良いのだと、自分に言い聞かせていた。

＊

「ども～。お邪魔します」

それから暫《しばら》くすると、由紀の部屋に一人の男が現れる。

過去のトラウマを思い起こした由紀は急速に体をこわばらせていく。

「いや～。秋江さんも悪い人だよね。借金の形《かた》に自分の娘を差し出しちゃうなんてさ」

淳の中には『悪いことをしている』という自覚はなかった。

秋江が作った借金は20万円近くにも上る。

それだけの借金を一晩で帳消しにすることは、淳にとっても最大限に譲歩《じょうほ》した条件であった。

淳にとっては今回のことは『善意』で行っていることであり、それだけに体を差し出す由紀にとって性質《たち》が悪かった。

「どうしたの？　緊張してる？」

部屋のベッドに腰を下ろした淳は、由紀の肩に手を回す。

由紀は知っていた。

紳士的に見えるのは、行為が始まる前だけ。

一度スイッチが入ると目の前の男は、自分の体をまるで道具のように扱うのである。

「それじゃあ、服脱いで。さっそく始めようか」

サングラス越しからでも男の目がギラついていることがわかった。

恐怖で体が凍《こお》る。

だから由紀はなるべく早く終わってくれることを祈りながら、気分を紛《まぎ》らわすために楽しかった過去の記憶を思い起こすことにした。

＊

本の匂《にお》いが好きだった。

難しくて内容は理解できなかったが、部室の中の古本の匂いは由紀の心を不思議と落ち着かせる。

「……由紀」

それは由紀が高校に入った直後——文芸部の部室で親友と二人きりの時のことであった。

「どうしたの……由紀？」

文庫小説を片手に心配そうに声をかける少女の名前は、佐伯小春《さえきこはる》。

かつて翔太が密《ひそ》かに思いを寄せていた、1—Aの教室の中でも夢愛《ゆあ》と並んで男子人気の高い少女であった。

「いやっ。あのっ。ごめん。私……ボーっとしてた」

「そっか。ところで由紀は何の本を読んでいたの？」

小春の質問を受けた由紀は、本のカバーを取って表紙を見せる。

「そう、『幸福な王子』ね。アイルランド出身の文人、オスカー・ワイルドによる短編。由紀らしいわ」

「私らしい？」

「ええ。自我を持った王子の像が、身に着けていた金箔《きんぱく》を貧《まず》しい人々に与えていく自己犠牲《ぎせい》の物語。みすぼらしい姿になった王子は最後、溶鉱炉《ようこうろ》に入れられてしまうのよね。由紀の姿とは色々重なるところがあるもの」

無自覚な由紀には、小春が口にした言葉の意味はわからなかった。

けれども、自分と同世代の人間がスラスラと本の内容を諳《そら》んじている姿は、なんだかとても眩《まぶ》しく映っていた。

「ねぇ。一つ聞いてもいいかな?」

「なに?」

「どうして小春は私のことを文芸部に誘ったの?」

恵まれた容姿と能力を持っていたからか、普段の小春は良くも悪くも何事にもあまり執着心のない性格をしていた。

けれども、文芸部の勧誘に関してだけは違った。

由紀が『店の手伝いが忙しいから』と断ると、『週に一日でもよいから』と食い下がった。

どうして自分に拘《こだわ》るのだろう?

由紀はずっと不思議に思っていたのである。

「興味があったの。貴方《あなた》という人間に対して個人的に凄く」

「えっ。どうして？　私、自分で言っていて悲しくなるけど、何も取《と》り柄《え》のない普通の女子だよ」

「いいえ。違うわ。貴方は自分にウソをついているだけ」

「自分にウソ……？」

「そう。この言葉の意味がわかった時、貴方はきっと見違えるような人間になっているわ。私はそれが楽しみで仕方ないの」

「…………」

相変わらず小春の話は難しい。

けれども、普段は寡黙《かもく》な小春が自分の前でだけ饒舌《じょうぜつ》になることは、由紀にとって悪い気分ではなかった。

「私、思うのよね。幸福の王子は決して美談なんかではない。度の過ぎた自己犠牲が生み出した狂気をテーマにしているんじゃないかって」

柔らかな笑みを零した小春は再び、本の中の物語の世界に入っていく。

夏の日差しが入る部室の中には、本のページを捲《めく》る音だけが響いていた。

――暫く小春と一緒に過ごしてみていくつかわかったことがある。

どうやら彼女は筋金《すじがね》入りの推理小説マニアで、俗《ぞく》に言うシャーロキアンという人種らしい。

最初に抱いていた『冷たい人』という印象は、一緒に過ごしている内に『面白《おもしろ》い人』に変化していくことになった。

＊

「バカ野郎っ！　もっとこうして喉《のど》の奥を使うんだよ！」
淳はいきり立った男性器を躊躇《ちゆうちよ》なく由紀の口内に出し入れする。
息が苦しい。決して慣れることのない不快なオスの臭《にお》いが鼻を突き抜ける。
（……そっか。あの時の、小春の言葉の意味がわかっちゃった）
男の欲望を無抵抗に受け止めながら由紀は悟った。
他人に迷惑をかけるくらいならば自己犠牲を厭《いと》わない。
さながら今までの自分は『幸福な王子』だったのだろう。
店の手伝いもそう。
今こうして好きでもない男の性器を咥《くわ》えていることもそう。

周りの空気に合わせるためにずっと自分の気持ちにウソをついてきた。

(自分にウソをつくのは今日で終わりにしよう。だって……私のこの、翔太くんが『好き』という気持ちは本物だから!)

この想いを成就《じょうじゅ》させるためなら、どんな苦難だって乗り越えられる。

体に絡みついていた見えない糸は、いつの間にかどこかに消失していた。

人形のように無感情だった由紀の眼は、見違えるように輝きを取り戻していた。

ガリッ。

ガリガリッ。ガリガリッ。

決意を固めた由紀は咥えていた淳の体の一部分を強引に噛《か》み千切《ちぎ》る。

「ぐぎゃああ!」

下半身に激痛を覚えた淳は、そのまま床の上を転げ回る。

由紀の視界にはこれまで絶対の強者として映っていた淳の姿が、途端に弱々しい存在に変化していた。

「あ～あ～。ダメだな。私。どうしてこんな簡単なことに気づけなかったのだろう」

この環境から抜け出すのに必要なものは覚悟だけだった。

ボールペン。ハサミ。ホッチキス。ハンガー。爪切《つめき》り。ガムテープ。ペーパーナイフ。灯油。

少し視点を変えてみると、部屋の中には人を殺すための道具はこんなにも充実していた。

「オ、オレのぉぉぉ！　俺のうがあああああああぁぁぁ！」

「うるさい！」

由紀は机の上にあったペンケースを手に取ると、淳の体の上に馬乗りになる。

「ぐぎゃああああああああああああああ！」

人間の体というのは、かくも脆《もろ》いものだったのだろうか。

目。口。鼻。耳。

由紀は紙粘土《かみねんど》で遊ぶ子供のようにペンケースに入っていた文房具をひたすらに淳の体に突っ込んでいく。

突き刺した文房具が十を超えた頃には、淳の体はピクリとも動かなくなっていた。


「由紀！　何をしているの！」


異変に気づいた秋江は慌《あわ》てて娘の部屋に足を踏み入れる。

そこにあったのは、無残《むざん》な姿で死に絶えた淳と、全裸《ぜんら》のまま血に染まった由紀の姿だった。


「えっ。なにっ。ウ、ウソでしょう……」


想像を絶する光景に脳の処理が追いつかない。

本能的に身の危険を感じ取った秋江は、そのまま一歩、二歩、と後ずさりする。

「ママ。私のこと産んでくれてありがとね」

「由紀ちゃん。な、何を言っているのかしら？」

長きにわたり苦しめられた母親の呪縛《じゅばく》から解放された由紀は、憑《つ》き物が落ちたかのように晴れやかな表情をしていた。

「こんなに清々《すがすが》しい気持ちは初めてなの。私今、心から幸せだよ」

大きく床を蹴《け》った由紀は、そのまま母親の顔にボールペンを突き立てる。

このやり取りが血の繋がった母親と交わした最後の会話となった。

*

翌日の早朝。

作業の後に仮眠を取った由紀は、日課であるステータスチェックを済ませると、制服に着替えて、学校に行く準備を整えていた。

いつもと変わらない日常。

いつもと変わらない景色。

けれども、なぜだろう。

これまで由紀を苦しめていた灰色の商店街は、いつの間にか色彩を取り戻し、華《はな》やいで見えるようになっていた。

「ごめん！　由紀ちゃん！　この通り……！　昨日のことは本当にすまなかったと思っている！」

今朝はいつになく珍しいことが起こった。

常連客の一人、渡辺《わたなべ》和夫が早朝にもかかわらず、謝罪のために由紀のもとを訪れたのである。

考えてみれば、この店で行われていることは異常であった。

相手が強く断れないのをいいことに、由紀に対するセクハラが常態化《じょうたいか》していた。

由紀に拒絶され、心を入れ替えた和夫の胸の中は罪悪感で満ちていた。

「いえいえ。反省してくれてるなら別にいいんですよ。ところで和夫さん、今朝の朝食ってもう食べてしまいましたか？」

サラリと流しながらも由紀は和夫を店のカウンターに案内する。

厨房《ちゅうぼう》に立った由紀は慣れた手つきで鍋《なべ》を振るう。

こんがりとしたきつね色に炒《いた》めた玉ねぎに秘伝のタレに漬《つ》け込んだ肉を載《の》せたその料理は、昨夜から由紀が腕によりをかけて作っていたものだった。

「おっ。この肉、少し変わった味がするね」

「新鮮なジビエが届いたんですよ。和夫さんの口に合うといいんですけど……」

「美味《うま》い! 美味いなぁ。これ」

ジビエというからには、猪《いのしし》か、熊《くま》か、鹿《しか》か、その辺《あた》りの肉を使っているのだろうか?

けれども、皿の上に載せられた料理はそのどれにも似つかない味をしていた。

「ところで今日は由紀ちゃんだけ? お母さんはどうしたの?」

「ああ。母なら少し旅行に出かけていて」

「そっか。大変だね。一人で店番をしているんだ」

「いえいえ。そんな大層なものではありませんよ。旅行と言っても、そんな遠くに行ったわけではありませんから」

仕事用の愛想《あいそ》笑いを浮かべながら由紀は言う。

昨夜の作業が祟《たた》ったせいか、肩こりが酷い。

由紀の視線は店内の業務用の冷蔵庫の方に向けられていた。

桜坂高校1—A　クラス名簿

桜坂高校１―A　クラス名簿

残り

男子 10　女子 14

あとがき

小説版、『友食い教室』を手に取っていただきありがとうございます。

未読の方にこの作品の内容を説明しておきますと、「カニバリズム×デスゲーム」な学園ホラー小説となっています。

せっかくスペースがあるので、著者がこの作品を書こうと思うまでの経緯《いきさつ》を語ろうと思います。

『友食い教室』を書こうと決める前まで、著者は「ホラー」というジャンルが大の苦手でした。

友人と富士急《ふじきゅう》ハイランドに行った時も、一人だけ『ゲゲゲの鬼太郎《きたろう》』のお化け屋敷で腰を抜かすほどビビっていましたし、お金を払ってまで怖い想いをしたがる人たちの気持ちがわかりませんでした。

そんな著者の意識を変えるきっかけを作ったのは、マンガ喫茶に行った時に偶然手に取ったホラー漫画の存在でした。

それまでの私の中のホラー漫画のイメージは「お化けが出てきて、怖がらせてくる」くらいのものだったので、今時のホラー漫画を読んだ時は衝撃を受けました。

当時受けた衝撃を著者の持てる全《すべ》ての技術を駆使して再現したのが、この『友食い教室』という作品になっています！

この小説を読んで一人でも多くのホラー好きの同士が増えてくれたならば、これ以上に嬉《うれ》しいことはありません。


以下、宣伝タイム。


この小説の発売日は二〇一七年の十二月四日なのですが、同日にコミック版の『友食い教室』が発売されます！

同日に小説とコミックの1巻が発売するのは少しだけ珍《めずら》しいかもしれません。

作画を務めてくださるのは、新進気鋭の漫画家、沢瀬《さわせ》ゆう先生。

小説版のクラス名簿を見ていただけるとわかるのですが、沢瀬先生のキャラクターを描き分けるデザイン能力は凄《すさ》まじいです。

沢瀬先生が命を吹き込んでくださったコミック版『友食い教室』は、集英社の漫画アプリ雑誌『少年ジャンプ＋《プラス》』にて基本無料で公開中です！

小説版を読んで興味を持ってくださった方は、ぜひぜひ、コミック版も読んでみてください。

小説版は全2巻構成を予定していますので、次の巻にて物語が完結します。
書店で2巻に遭遇《そうぐう》した時は何卒《なにとぞ》よろしくお願いします。

それでは。
次巻で再び皆様と出会えることを祈りつつ——。

柑橘ゆすら

漫画版もよろしく
お願いします。
沢瀬ゆう

…おはよう
ドキ
コトコト
よく火《ひ》を
通《とお》さないとね…
なんだ
これ…
とろり…
アプリ漫画雑誌
少年ジャンプ+にて
漫画版
『友食い教室』
話題沸騰連載中!
毎週日曜日更新!!
https://shonenjumpplus.com/

め…
どうしてこんなことになったんだ
生き残れるのは
一体誰か……!?
やったあああぁ〜っ!!
感染者《かんせんしゃ》を探《さが》そう
や…
俺《おれ》が…絶対《ぜったい》このゲームを終《お》わらせてやるからな!
信《しん》じらんない…
クリアだ
ム
うわあぁ
友食い教室
THE FRIENDS-EATER CLASSROOM
1
【原作】柑橘ゆすら
【漫画】沢瀬ゆう
JUMP COMICS+
コミックス1巻好評発売中!!

JUMP j BOOKS

友食い教室

小説／柑橘ゆすら
イラスト／沢瀬ゆう

2017年12月9日　第1刷発行

★定価はカバーに表示してあります

発行者　鈴木晴彦

発行所　株式会社　集英社

〒101－8050　東京都千代田区一ツ橋2－5－10
03(3230)6229(編集)
03(3230)6393(販売／書店専用)　03(3230)6080(読者係)

印刷所　凸版印刷株式会社

ISBN978-4-08-703439-4 C0093